I0538573

www.ingramcontent.com/pod-product-compliance
Lightning Source LLC
Chambersburg PA
CBHW060043150626
46556CB00018BA/2681

ماندن های طولانی

رضاکرمی

دانای کل رمان در جایی زندگی می کند که بوی علف های شور در شب و هوای شرجی او را مست می کند و به جنگ با زندگی برمی خیزد. او گذشته ی زهرآگین اش را فراموش کرده و از فرط گیجی در باد جیغ می کشد.

عنوان کتاب: سه گانه جیغ در باد (Screams in the Wind)

«سرگیجه Vertigo؛ شب زفاف Night spousal؛ ماندن های طولانی long stay»

نویسنده: رضا کرمی Reza Karami

ناشر: Supreme Century, USA

شابک: ۹۷۸۱۹۳۹۱۲۳۲۹۹

تهیه برای چاپ توسط آسان نشر

شرح گزارش قتل در اداره پلیس

روی همین ورقه و در حضور شما مریدان آگاه و حافظان نظم و قانون، مردی نافرمان از اخلاق حسنه ی بَلدیه اش و بی آنکه دچار جنون نسیان شده باشد، اقرار می کند.

چند شب پیش زنم را کشتم. خفه اش کرده ام و بابت این کار مطلقاً پشیمان نیستم. آن هنگام که هوا از تاریک هم تاریک تر شد و جغدهای چشم سفید بیدار شدند و هوهو کردند. قورباغه های شکم گنده ای که بی شباهت به مجسمه ی کنفوسیوس نبودند، آواز ابوعطا سردادند. ماه شب چهارده مثل قرص های سفید خنده ای که در راه دبستان می خوردم، گرد و نورانی شد. شهرزاد قصه گو در شب سی و نهم گوژپشتِ مرده را زنده گردانید، و هنگامی که همه در خواب نیمه شب بودند.. کشتم اش.

به زودی دریافتم با مردن اش، نه رنج و نه خوشبختی را به من هدیه داده است. بلکه بدون اینکه بدانم درستی کارهایی که گناه یا ثواب است، یا جنایت است یا مرهمی ست بر آلام بشری، دست به عملی نه چندان خوشایند زده ام؛ و بنا به مراسلات رییس معابد با خدا، می بایست آتشم می زدند. یا در عصر نوین کلاه آهنین بر سرم بگذارند و جریان برق با ولتاژهای اثربخش مرا بخشکاند. یا بنا به قانون مرگ شیرین روی تخت غسال خانه دراز به دراز بخوابم و سم را وارد جریان خونم کنند. به پادرفره ی آنکه

خوشبختی مقتولین را دست خوش نابسامانی و لیاقت شان را در برابر سهم بردن از آزادی تن محدود کرده ام. از این پس همه چنین می اندیشند که نام جانی برازنده ام بوده است. پس نباید- وقتی نزدیکان محکوم پاهایش را برای اتمام رقص مرگ بر چوبه ی دار پایین می کشند تا زودتر خلاصی یابد- همشهریانم نگران آن باشند که در پایان محاکمه ای هر چند عادلانه، مرا به صلابه کشیده اند. بلکه می توانند همچون مغلان که خون اسبانشان را می نوشیدند، در عین سیراب بودن از شاهرگم تناول کنند و دست افشان به کیفرگاه کشاندنم را سماع گیرند.

با اینکه من در زندگانی به او بد نکردم، اما در واقع جگرش را خون کردم. کسی که می توانستم تا سال ها با کف دست هایم لمسش کنم. همین اواخر، یعنی روزهای پایانی عمرش، با ناسازگاری هایی که از درون من بر شانه هایش می نشست، چهره اش کاملاً تکیده شده بود. اگر در اوایل ازدواج می پرسیدند که ماحصل این پیوندِ خجسته تان چه خواهد شد؟ بی سبب در پاسخ می گفتم: عاقبت اش قتل خواهد بود؛ و قطع از حیات مشترک اش با من که عاقدی پول پرست باعث اش بود.

جسدش را لای پتوی دو نفره ای که هدیه ازدواجمان بود پیچیدم، و از بالای پلی نزدیکِ خیابان پنجم در رودخانه انداختم. زمانش را به دقیقه و ساعت یادم نیست، اما شرح این قصه در هرگاه و هر بزمگاه و هر آوردگاهی بوده، برای شما عزیزان می گویم که کار طاقت فرسایی را پشت سر گذاشته ام. شب حادثه هوا سرد بود و بدنم مثل

لاشه ی زنم کرخت شده بود. با اینکه جسدش را در صندوق عقب ماشین جای داده بودم، اما ابداً بوی روغن یا گریس نگرفته و درست مانند قبل از مردن اش تمیز و خوشبو مانده بود. فقط پتویی که در آن آرمیده، کمی خاکی شد. چون واقعاً مجبور بودم جسد را در آن بپیچم. از طرفی وقت زیادی نداشتم، و هم اینکه زنِ مرده ام، آن پتوی دولایه و دونفره ی مشکی را بی نهایت دوست داشت. یادم هست که صبح ها وقتی با آن چشم های ورم کرده اش از زیرش به بیرون می سرید، مانند یک تخته قالیچه ی دست بافت قدیمی، پایین تخت خواب چوبی بزرگی که از تنه ی چوب روسی تراشیده بودند، لوله اش می کرد. بعد با ناخن های لاک زده و باریک اش، کرک های ریز و تار موهای بلند و های لایت اش که از شب پیش بجای مانده بود را از رویش می جست و تمیزش می کرد. روزها مثل کلفتی نگون بخت، چادر گل دار و رنگ و رو رفته ای را دور کمرش خفت می کرد و یک لنگ و یکپا مشغول کار می شد. ظرف های رویی را در طشتی بزرگ و پر از آب و صابون غوطه ور می کرد، و سر و صدای بهم خوردن کاسه بشقاب ها، مارِ کر را هم از سوراخش بیرون می کشید. کل خانه را جارو می کشید و برق می انداخت. اجاق نفت سوز کهنه اش را مهیا می کرد و خورشت کاری پرملاتی را دو ساعت قبل از وقت نهار بار می گذاشت و تا می توانست فتیله اش را پایین می کشید. برخلاف آنکه اجاق گازِ نو و پنج شعله ی فرداری در مطبخ خانه بود، اما هیچ وقت از یادگاری مادرش دست برنداشت. انصافاً هم که عطر و بوی غذایش تا هفت خانه آن طرف تر می پیچید. شب ها مثل عروس لباس می پوشید و خودش را بزک می کرد. گونه های استخوانی اش را سرخاب می مالید و سرمه ی سنگی اش را با

آب دهنش خیس می کرد و در چشمان گاوی اش می کشید. بدنش همیشه بوی روغن تلخ و خوشبویی می داد. گاهی اوقات که از گرمی و طعم تند عطرش به عطسه می افتادم، سگرمه هایش را درهم می کرد و می گفت: واقعاً خیلی بد سلیقه ای! مردم آرزوی زنی مثل من را دارند.

شاید با آن ژست های متفاوت اش مابین شب و روز، کمی در شناسایی زنم دچار تردید می شدم. روزهایی که عیدهای مذهبی بود، زیر طاق مشرف به درگاهی خانه، عودهای هندی روشن می کرد. به شاخه های درخت نارنجِ در باغچه، ریسه های متقال رنگی گره می زد. چند کاسه ی ملامین، پر از نخود و کشمش بین همسایه ها نذری تقسیم می کرد و تا سه شبانه روز، روزه می گرفت و لب به غذا نمی زد.

در آن شب، هنگامی که با چابکی بی نظیری از پل آویزانش کردم، انگشت اشاره ام را سفت گرفته بود و ولم نمی کرد. مانند نوزادی ماتم زده با چشمانی درخشان و گرد، دست هایش را در اطراف گوش های کوچک سفیدش زاویه کرده بود و نگاهم می کرد. گردنش بی اندازه باد کرده بود و جای دو انگشت شصتم به طور مارپیچ روی استخوان گردنش درهم فرو رفته بود. تقدیرش در انتخابم، نهایتاً نتیجه ای معکوس در بَر داشت. عمرش برخلاف زیستن های دراز دیگر زنان، بسیار کوتاه بود. وقتی از کار سقوط اش در رودخانه راحت شدم، نفسم بالا نمی آمد و بلافاصله مسیر تا خانه را با سرعت برگشتم. احساس گرسنگی امانم را بریده بود. بدون اینکه لباس هایم را درآورم، به مطبخ خانه رفتم و بوی مطبوع شامی که زنم تا چند ساعت پیش پخته بود، به دماغم

خورد. چون او در خانه نبود که میز شام را برایم آماده کند، پس طبیعتاً خودم دست بکار شدم. از حول گرسنگی عجیبی که به من دست داده بود، پاتیل دمپختک را با ترشی سیر پنج ساله، مثل آب خوردن تمام کردم. بعد از آن اشتهاء سیری ناپذیری، سفره را با دقت تمیز کردم و ظرف های کثیف را در ظرف شویی شستم و خوب آبکشی کردم. روی کابینت ها را هم دستمال کشیدم و دستکش های ظرف شویی را از گیره ی بالای سینک آویختم. سپس دست هایم را با کرم مرطوب کننده ای با عصاره ی خیار، نرم و خوشبو کردم. کار کردن در آشپزخانه خسته کننده است و از سراپا ایستادن زیاد، سیاتیکم بیرون می زند. بی جهت سیگاری روشن کردم و در اتاق خواب قدم زدم. کار لذت بخشی بود. مخصوصاً کنار پنجره ایستادن و بیرون را نگاه کردن. همچنان که پُک می زدم، حلقه هایی از دود سرد و غلیظ سیگار به پنجره می خورد و متلاشی می شد. چقدر آن شب را کار کرده ام! انرژی زیادی صرف جا به جایی لاشه ی آن زن شد. چندان نمی اندیشیدم که درباره ی اتفاقات دور و برم چه نظری دارم. همین که امروز متفاوت تر از دیروزم بوده و انجام کاری که آدم ها از انجامش تنفر دارند، خود نشان از جنگ با زندگیِ بیهوده ام داشت. هرروز را می توانم به شکلی که ترکیب حیاتِ نه چندان سرخوش ام دست نخورده باقی می ماند، متفاوت کنم. می دانم که بدون او شب ها تنها خواهم خوابید و تا ظهر بی جهت در رختخواب غلت می خورم. از نشنیدن صدای شستن ظرف ها دلم تنگ می شود. بدون زنم خانه کثیف تر جلوه می کند و هر کس مرا ملاقات کند، به زودی می فهمد با مردی بیگانه از خود طرف است که خانه اش همیشه بوی کپک می دهد. شیرفروش و روزنامه فروش بدون

دادن سهمیه ی هرروزه از مقابل خانه می گریزند. باغچه پر از علف های زمخت و آفت خواهد شد. لباس های نشسته ام زیادتر از معمول می شود. وان سفید در حمام، به تدریج از چرک های بدنم ته دیگ زرد رنگی به خود می گیرد. بدون او چه خواهم کرد؟ شاید هیچ، و شاید هم بتوانم خیلی از کارهای ناشایست را بکنم. در تنهایی هزاران فکر به سر آدم می زند. حتماً شما ژاندارم های سبزپوش هم دریافته اید که در خلوت حتا می شود فنچی را با کلاشینکف کشت.

آن شب پس از قتل زنم، خیلی با عجله زیر پتوی یک نفره ای که مادرم به من در روز ازدواج هدیه کرده بود رفتم و نوک انگشتان پاهایم را لابه لای هم گذاشتم. سردی هوا در دلم امنیتی وَهم انگیز ایجاد می‌کرد. با خود فکر کردم، زنم زیر آنهمه آب یخ زده ی رودخانه چه می کند؟ چرا به خانه برنمی گردد؟ او که حتا برای وزش نسیم خنکی، تا مدت ها حساسیت اش عود می کرد و به عطسه می افتاد. حالا چطور در آنجا مانده است؟ عجیب بود و نمی دانستم چه باید کرد؟ به یقین تا به حال ماهی های کپور استخوان هایش را هم جویده اند. چگونه به خود اجازه می دهد شب را زیر خروارها سیاهیِ سرد و خالی از اکسیژن به صبح برساند؟ نمی دانم، شاید هم حقش چنین سرنوشتی نبوده و در ظلمات اعماق رودخانه بترسد و مثل همیشه مرا صدا بزند؟

ولی دیگر خیلی دیر شده. هرچقدر هم فریاد بزند، نه من و نه مادر بیوه اش به دادش نخواهیم رسید. اصلاً برایش چه فرقی دارد که من چه حس فرادهشی به او دارم؟ او دیگر خود بخشی از وحشتی ست، که آدم های زنده و پر امید شهر غبار گرفته ی

بالای پل را می ترساند. حالا نقش مردگان را در ترساندن زنان و مردان خوشبخت، در شب های خالی از ستاره بازی می کند.

نامش زنِ مرده و نامِ من، زن مرده خواهد بود. اقلاً تا مدتی طولانی مرا مردی بی یار و مونس می نامند. ریش و موی ژولیده و پرپشتی می گذارم. لباس های مندرس و سیاه می پوشم. خودم را بیشتر از روزهای قبل به زن مردگی می زنم. عکسش را در قابی معرق کاری در وسط هال خانه نصب می کنم، تا خانواده اش دریابند که چشمان بی حالت دخترشان در آن تصویر، بر بی گناهی شوهری داغدیده شهادت خواهد داد. مانند باکره ای مقدس و همسری وفادار از او یاد می کنم. در هر محفل اغنیاء خرقه می پوشم و تبر بر فرق سرم می کوبم. دست هایم را در روز ختمش به زیر شکمم حلقه می کنم و کنار مادراش درگاهی خانه را قُرق می کنم و به مهمانان خوش آمد می گویم. به مدت یک ماه گورخوانی اجیر می کنم تا بر مزارش مرثیه بسراید و عود بسوزاند و دل هر کس را که قبری در دفنگاه شهر دارد، به سوز و گداز اندازد. کفن اش را یکپارچه با خط ثلث، آیه بنویسند و در کافور بخوابانند تا موریانه نجود و از گورش بوی گل بتراود. سفارش می کنم صورتش را قبل از تدفین، بزکِ ملایمی کنند و حریر بلند و گرانی برتنش بپوشانند. خودم به موهایش روبان سفیدی می بندم و دست هایش را روی سینه درهم قفل می کنم. ولی مکان قبرش را وامی نهم به مادر بیچاره اش، که در همان شهر زادگاهش باشد. خودم را در انظار مثل آدم های علیل و فلج نشان می دهم، تا مجبور نباشم با قیافه ای مُکدر و در کوپه ی قطاری که به سوی زادگاهش عازم است، شب را با لاشه ای بادکرده به صبح برسانم. تا اینکه همواره کوپه های چوبی

قطار بلرزد و سوت کشان، همانند شلوغ کاری و رسوایی روزِ مزاجعه، من و عروس تازه مرده ام را به زادگاه ابدی اش برسانند. نه، هرگز چنین نخواهد شد. هرگز...

از خانه که بیرون رفتم، در راه به همه چیز فکر می کردم. ولی در مورد اتفاق دیشب چیز زیادی را به یاد نداشتم. وقتی به آن پل رسیدم، مردم با دلهُره پایین و لابه لای ستون های سنگی و قوس دارش را نگاه می کردند. من هم کنجکاو شدم و خودم را به یک نفر که ظاهراً نظافت چی و کارگری ساده بود رساندم. جایی به فاصله چند قدم از او قرار گرفتم و پرسیدم: آیا شما می دانید چه اتفاقی افتاده؟ او در جوابم با حرارت شورانگیزی تعریف کرد: صبح خیلی زود، من و همکارام متوجه ی جسم سفید رنگی بر سطح آب شدیم، و ما به عنوان اولین شاهدان، فوراً حادثه را به کلانتری گزارش دادیم. وقتی حرف می زد انگار مرا نمی دید. یک چشمش تا نیمه بسته می‌شد و چشم دیگرش مرا چپ می دید و طرفی غیر از مرا نشانه می‌گرفت. در خلال حرف زدن‌هایش دائماً می پرسید: گوش می‌کنید آقای محترم؟

به حرفه هایش چندان توجهی نمی کردم و اجازه ی توضیح درباره تکراری بودن آن اتفاق را برایم نمی گذاشت. مأمورین پلیس با ماشین‌های زیبایی اطراف پل را محاصره کرده بودند. چند مرد و زن امداد و نجات با جلیقه های فسفری، جسد زن مغروق را از رودخانه بیرون می‌کشیدند. مرد کارگر دوباره با دهانی پر از لثه های آبسه کرده و بخار گندیده ای که از دهانش بیرون می زد، پرسید: آقای محترم! آیا شما آن زن را می شناسید؟ دست کم مثل اینکه شما هم علاقه مند صحنه های جنایی می باشید؟ به

سرعت جواب خودش را داد و دوباره گفت: حتماً نمی شناسید. چون هجده سال است، در این حوالی خدمت صادقانه می‌کنم- البته هنوز نتوانسته ام عضو تعاونی مسکن اداره شوم- می‌توانم بگویم چهره‌ی آدم‌های محدوده ی خدمتم را خوب به خاطر بیاورم، ولی باز هم آن زن را نمی شناسم. تا چه رسد به شما... آخر می دانید، شهرمان خیلی بزرگ شده و تا چند سال قبل این قدر شلوغ نبود. او سرش را به طرف جایی که عملیات امداد صورت می گرفت چرخاند و لحنش یکباره تغییر کرد و گفت: بچه هایم بزرگتر شده اند و از داشتن پدری محروم از شغلی مناسب رنج می کشند.

نمی‌دانم چرا در مورد زندگی خصوصی اش برایم حرف می زد. آفتاب به شدت بر سرم می‌تابید و تشنه‌ام شده بود. ماشین لکنته ای کنارمان پارک کرد و از دود اگزوزش هر دو به سرفه افتادیم. مرد کارگر با لحجه ای نزدیک به کولی هایی که در جنوب رودخانه خیمه زده بودند حرف می زد. شرح زندگی اش را با وسواسی مخصوص ادامه داد. همکارش کمی از خودش جوانتر بود و دستش را دور میله ی عمودی محافظ پل قُلاب کرده بود. فکر می کردم، او یعنی همکارش بی‌اندازه در ماجرای بیرون کشیدن جسد زن از آب رودخانه غرق شده بود. پاهایش را متناوباً- برای این که خسته اش می شد- جا به جا می‌کرد.

مرد کارگر هنوز حرف می‌زد. کاملاً به طرفم برگشت و کم مانده بود که مرا در آغوش هم بگیرد و دندان های رسوب گرفته و زردش را در دهانم بگذارد. پس از آنکه لختی غمزه کرد و سرش را پایین انداخت، گفت: حتماً از آن زن ها بوده که زندگی را برای

شوهرش به جنون کشانده است. خودش را از شرمندگی گناهانش به آب رودخانه انداخته تا مردش هم راحت شود. شاید هم شوهرش با او این کار را کرده باشد!... خدا می داند که این داستان زندگی من است.

مرد کارگر پیشانی اش را به شانه ی دوستش چسباند و گفت: از روزهای نکبت بارم خسته شده ام. زنم شب ها دیر به خانه برمی گردد. زندگی برای من و بچه هایم جهنم شده و تا می آیم به زناکاری اش اعتراض کنم، از خانه با قهر می رود، یا برادر سنگین وزنش را به جانم می اندازد. یک بار مرا کتک زدند، فحاشی کردند، و جلوی همسایه ها بی آبرویم کردند. ولی در آخر به خاطر زنم که به من التماس می کرد از شکایتم گذشتم. یک بار هم زنم را دزدکی پاییدم و دیدم که چطور از پیرمردی آبله رو دستمزدش را می گرفت. دلم می خواست خودم را به پایین این پل پرت کنم. اما از عقوبت اش واهمه دارم. خودکشی گناه بزرگی ست که نمی توانم انجام اش بدهم. یقیناً در آن دنیا مجازات سختی خواهم شد. باورتان می شود که همیشه حس می کنم، غذاهایی را که زنم درست می کند نجس است و بوی مردان عرق کرده و الکلی می دهد؟ می دانم زنم زیباست و شوهر مناسبی برایش نبوده ام، ولی سهم من هم این نیست و زحمت زیادی را برای گذران زندگی ام متحمل می شوم. مرد کارگر گریه می کرد و مردد بودم در برابرش، نقش یک دوست واقعی را پس از اعترافات نه چندان مهیج اش بازی کنم. چانه اش موی کم پشتی داشت و به سرعت می جنبید. جای چند کورک قرمز روی گردنش پیدا بود. دوست نداشتم حرفهایش را گوش کنم. هر چه بیشتر وراجی می کرد، احمق تر جلوه می کرد. با سر آستین اش آب دماغ اش را گرفت

۱۲

و سپس نفسی عمیق کشید. پرسید: آیا می توانید کمکم کنید؟ شکی ندارم که شما را خدا فرستاده. از سکنات و وجنات شما معلوم است که آدم خیرخواهی باشید. از شما می خواهم به درخواست یک انسان بی نوا پاسخ بدهید. دلش را شاد کنید. خواهش می کنم حضرت آقا!

با اینکه نمی دانستم موضوع چیست و مقصر چه کسی ست؟ اما پذیرفتم تا در مورد مشکلش حرف بزنیم. جالب تر اینکه مرا به نهار هم دعوت کرد. دوباره گفت: خدا به شما عوض دهد. کمکی که شما به مرد درمانده ای چون من می کنید، قصری در بهشت برایتان به ارمغان خواهد آورد. گفت: هر ماه به نرده های پل، یک قفل حاجت بسته ام، تا شاید یک روز گره از کارم باز شود. اما امروز که شما را پیدا کردم و پذیرفتید که کمکم کنید، مانند فرشته ی ایندرا بر شانه هایم فرود آمدید و دیگر نیازی به آن قفل ها نیست.

رفتار خودسرانه ی مرا بسیار جدی تلقی کرده بود و نمی دانستم چه باید کرد؟ حس خشم و قهر را طوری به من تلقین می کرد، که خودم را فرمانداری در مقام تصمیم گیری دانستم. بعدها که در برابر قضات کیفری از من برای انگیزه قتل ها سئوال شد، من چنین گفتم: دوستم خواست تا کمکش کنم و من هم بدون آنکه نفرتی از کسی داشته باشم، به دادش رسیدم. ولی خوب یادم هست، آن روز برای حرفی که زده بودم، همه مسخره ام کردند.

آرامش را بر خود حرام می کنم. چرا او در من توانمندی غیر قابل وصفی می بیند؟

قطعاً مرا به دردسر خواهند انداخت، و خود همانند گذشته زنده می ماند و به زندگی نکبت بارش ادامه می دهد.

خواستم از زیر بار کمک خواهی اش شانه خالی کنم و گفتم: در این لحظه دقیقاً نمی دانم که چه کمکی از من می خواهید؟ آیا بیشتر به حل مشکل همسرتان فکر می کنید یا با دیدن صحنه ی زن غرق شده، به این فکر افتاده اید که باید برای تغییر زندگی ات فکری کنی؟ کدامیک؟

مرد چانه اش را مثل بوزینه ای دریوزه خاراند. از جیبش چند سکه بیرون کشید و نشانم داد. گفت: باور بفرمایید من فردی محتاج و مسکینم. جز جارو کشیدن و این قبیل کارهای پست، چیزی بلد نیستم. اگر نه از پرداخت حق العمل شما عاجز نبودم. اما من قول می دهم... قول می دهم به محض اینکه مشکلم را حل کنید، از شهردار مساعده بگیرم و هر طور شده قرضم را به شما ادا می کنم. راستی چقدر باید به شما بپردازم؟

یقه ی آهاری کت ام را بالاتر کشیدم و به قایق پلیسی که در میان ستون های پل ویراژ می داد نگاه کردم. آفتاب رو به غروب بود و مانند تب خالی بزرگ و آب کشیده، روی صخره های پایین دست رودخانه خون می ترکاند. سکوت بین من و مرد کارگر باعث می شد که فکر کنم، رویه ام مثل دیوانه گان از رویی به روی دگر شده است. غرور و تکبر یا خشم بر من حاکمیت نمی کرد. اما من هم دیگر آن مرد آرام و سفید پوشی که مثل اسبی آتشین مزاج در برکه ها به سمت مخالف جولان می داد نبودم.

حالا دیگر پیکر آب کشیده ی زنِ مرده، از دور مثل خط سفید روشنی روی شن های کنار رودخانه نقش بسته بود. نیروهای دولتی لاشه را درون ماشین حمل جنازه قرار دادند. مردی هم جیب‌های لباس حریر صورتی رنگی که شب تولدش برایش خریده بودم را وارسی می‌کرد. مانند دیگران محو در عملیات نیروهای امداد، به همه چیز نگاه می‌کردم. چراغ های گردان قرمز روی سقف ماشین ها پیوسته خاموش و روشن می شد. رفتارم کمی نامفهوم می‌رسید. مردم کم کم پراکنده شدند. مرد کارگر به کارش برگشته بود و می دیدم که با خوشدلیِ بی حدی، پیاده روها را جارو می‌کشد. دیگر از حرف‌های متوالی اش راحت شده بودم. نفسی عمیق کشیدم و به طرف خانه راه افتادم. همین که خواستم از جناح چپش رد شوم، دستم را گرفت و بوسید. اشک از سفیدی چشمان گردویی اش می چکید. با انگشتان زمخت و خارخاری اش، به مچ پرموی لاغر دستم فشار می‌آورد. می‌توانستم منظورش را بفهمم و با تردید گفتم: خیلی زود به دیدنت می آیم.

در راه بازگشت به خانه، کمی نان تست خریدم تا برای شام اسنک درست کنم. آن هم با سوسیس و پنیر و سُس خردل مخصوصی که همیشه زنم از مغازه ای در دو محله پایین‌تر از ما می‌خرید. نمی دانم چرا همیشه زنم از مراکز خرید زیادی که در اطراف خانه بود خرید نمی‌کرد، و مایحتاجش را فقط از آنجا می‌خرید؟ امیدوارم هنوز ته مانده ای از آن سُس لذیذ چیزی در خانه مانده باشد.

شب خوب نخوابیدم، و از سنگینی غذایی که خورده بودم، آرُوغ می‌زدم و کمی میان

قفسه ی سینه ام هم می سوخت. در طول شب آب زیاد خوردم و یک بار هم نزدیکی های صبح به مستراح رفتم. پس از آن بهتر خوابیدم. مرد کارگر را وقتی سه روز از روزهایم به همین منوال گذشت، و در حالی که زنش در خانه نبود ملاقات کردم. سرِ میز نهار برایش توضیح دادم و گفتم: راهی یافته‌ام و در نتیجه می‌تواند خیلی راحت از رنجی که در ارتباط با زن سلیطه اش می‌کشد، نجات یابد. گفتم: این تنها راه مؤثریست که سراغ دارم و نتیجه اش قطعی ست. او با دقت حرف‌هایم را گوش می داد. برایم قهوه ریخت و بدون اینکه جزئیات پیشنهادم را درست متوجه شود، در میان حرف‌هایم، « مرا دوست من متشکرم» خطاب می‌کرد. وقتی شروع به ارائه ی راه کار کردم، هرهرکنان حرف می زدم و گاهی کلماتی که بی جهت مرا دارای مسئولیت می کرد از دهانم خارج می شد. مردِ کارگر سرش را مانند باربران و فرمانبران بی نوا بالا و پایین می داد. در میان کلماتی که برای جلب نظرش ادا می کردم، متوجه ی نجوای زیرکانه ی خودش با خودش- البته طوری که حواس مرا پرت نمی کرد- شدم. مثلاً وقتی داشتم در مورد هلاکت زنش از راه خفگی حرف می زدم، یا آن قسمت از حرفایم که در مورد عواقب اسفناک هر قتل و مجازات های آن حرف می زدم، دوستم در جهتی دیگر و در فضایی دیگر با روحی یا صدایی از غیب سرگرم گفتگو بود. سرش را روبه بالا زاویه می کرد و ناگهان خنده ای دزدکی سرمی داد. گردنش را کج و دماغش را پر از هوا می کرد. مانند اینکه با شخصی غیر از من در محاوره بود، کلماتی شبیهه بله... غلط می کند... کی؟ و از این قبیل حرف ها را طوری بیان می کرد که شک من برانگیخته نشود! منتها شگرد زیرکانه اش در برابرم این بود که با سکوت من در پایان

هر جمله از وراجی های بی سر و ته ام، او هم سکوت می کرد تا من متوجه ی اختلاط مباحث نشوم.

باز هم نمی دانم چه شد؟ شاید هر دو در یک زمان مالیخولیایی شده بودیم. چه خوش می گذشت، در حالی که هر دو با هم حرف می زدیم، از طرفی با عوالمی دیگر در جوش و خروش بودیم. چه خوش بود نهان هایی که در اثنای شروع کاری مشترک و هیجان آور بر ما عیان شده بود.

غذای بی‌مزه‌اش را با بی میلی خوردم. سرم سنگین شده بود و به پشتیِ صندلی رنگ و رو رفته ای تکیه دادم. با هم سیگار کشیدیم و دوباره قهوه خوردیم. وسایل خانه‌اش به طور بی نظمی چیده شده بود. طوری که فقط حس زنانه‌ای در خانه القاء شود. انگار که زن حوصله کاری را نداشته باشد، مثلاً گلدان بالای کمد گذاشته شده بود و لباس های زیرش روی طنابی کوچک در بالکن پر از اسباب و اثاثیه خاک می‌خورد و باد آنها را می‌جنباند. درِ حمام کاملاً باز بود و رخت های نشسته ی زنش و عروسک دخترانه ی بی دست و پایی در سبدی پلاستیکی ولو شده بود. از پشت همان میزی که رویش غذا خوردیم، تا مدت یک ساعت تکان نخوردیم. مرد کارگر هنوز گپ می زد. گرد و خاک نازکی روی میز چوبی گسترده بود. فکر می‌کنم فقط برای پذیرایی از مهمان ها استفاده می شد. با انگشتم صورت زنش را به شکلی فرضی روی میز نقاشی می‌کردم. دهانش را گشاد و چشم های کوچکی زیر ابروهای قوس دار شمشیری شکلی کشیدم. کنارش هم خودم را نقاشی کردم و از آن تصویر حس گرمی در من ایجاد شد. او

توجهی به طراحیِ شکل همسرش نداشت و کماکان با بغض، از جفاکاری زنش حرف می زد. به درستی متوجه حرف‌هایش نمی‌شدم و فقط در آن مدت پنج سیگار اُلترا کشیدم. وقت خداحافظی مرا به گرمی در آغوشش کشید و بسیار تشکر کرد. من هم به طرف خانه برگشتم. بوی عرقش را هنگامی که مرا به سوی خود کشیده بود، روی پیراهنم حس می‌کردم.

در خانه ژاکت نخودی رنگی که دو نوار قرمز در سراسر جامه داشت را پوشیدم. یک شلوار مشکی ورزشی هم که سه خط موازی در حاشیه ران ها داشت، پوشیدم. روی صندلی، کنار عسلیِ کوچکی که از سمساری خریده بودم نشستم. تنور شومینه قدیمی با نفت غلیظی که روی هیزم ها را پوشانده بود، می غرید و صدای شکستن چوب ها و گرم شدن تدریجی آجرهای شومینه می آمد. زنگ خانه دوبار به صدا درآمد، ولی اعتنایی نکردم. حتماً باز همان پسرک روزنامه فروش است. با آن دو چرخه ی زوار دررفته و خبرهای تکراری اش! دیگر کسی در این مملکت روزنامه نمی خواند. همه آنچه را که می خواهند بدانند، خود از نزدیک می بینند. نمی دانم چه کنم؟ مرد کارگر منتظر ناجی بود و زن در انتظار مرگ.

بعد از سه روز در خانه ماندن و فکر کردن به اینکه چه کنم، بیرون زدم و نزد مرد کارگر رفتم. ظهر بود و بچه ها با لباس هایی رنگی از مدرسه درحال بازگشت بودند و چندتایی دنبال هم می دویدند. با خود فکر می کردم که شاید بچه های مرد کارگر باشند که برمی گردند. اما بعداً فهمیدم که مرد کارگر اساساً بچه ایی نداشته است.

چند کیسه ی سیاه زباله روی هم کنار دیوار خانه اش درهم چپیده بودند و باریکه ی گنداب روانی از آن جاری بود. قوطی آبجویی در جوی آب غلط می خورد و به کناره ها می خورد و صدا می داد. گربه ای با خال های قهوه ای از پاره گی کیسه ها، ناخن ها و پوست مرغی را می جوید و سرگرمم کرده بود. دق الباب که کردم؛ بلادرنگ صدای تِلق و تِلق کفش هایی زنانه ای بلند شد. در باز شد و زنی با لباس زرد رنگی که گل های سیاه درشتی روی پیراهن اش خود نمایی میکرد در روبرویم ظاهر شد. صورت استخوانی و گونه های قلمبه شده ای داشت. دوخال قهوه ای، روی کشاله ی گردنش نمایان بود. با دیدن چشم های سیاه عطشناکش و لب های صورتی بدون ماتیک اش، ناگاه به یاد زنم افتادم. یک پایش را بیرون از لنگه ی در عمود کرده بود و نیم تنه ی ولنگارش در قاب چهارچوب درگاهی خانه قوس برداشته بود. با دیدنم کمی واپس کشید، اما نگاهش به چشمانم خیره ماند. می دانستم تنهاست، اما ابلهانه سرم را به پایین خم کردم و بدون آنکه به زن نگاهی کنم گفتم: ببخشید خانم: با شوهرتان کار داشتم... و این جمله را گفتم که قبلاً او را در مورد کاری که قرار است برایش انجام بدهم ملاقات کرده ام! زن کمی خیالش راحت شد و گفت: شوهرم فعلاً در خانه نیست. ولی شاید برای نهار بیاید. امروز را شانس آورده‌اید، چرا که به ندرت یکی از ما در خانه می‌مانیم. خنده ای کرد و پایین لب‌هایش گود افتاد و با اشتیاق ادامه داد که می‌توانم تا آمدن شوهرش به داخل بروم و منتظر بمانم. دوباره همان جایی که قبلاً نهار خورده بودم، روی همان صندلی و روبروی حمامی که حالا درش بسته شده بود نشستم. هنوز نقاشی زن روی میز مستدام بود. بوی تندی مثل اتانول یا خوشبو کننده های بدن

ارزان قیمت و بدرد نخور در خانه اش پیچیده بود. این طور دریافتم، هنگامی که او قصد ترک خانه را داشته سَر رسیدهام. زن در فنجان لک گرفته ای برایم قهوه ریخت و پس از آن مشغول جمع کردن لباسهایش از روی طناب شد.

زن گفت: شوهرم از شما خیلی تعریف کرده. واقعاً مشتاق بودم که ببینم تان. می خواستم هرچه زودتر از خودتان بپرسم که چه معجونی به شوهر بیچاره ام داده اید؟ دلخور نشوید! دارم شوخی می کنم. راستش زندگی مان دگرگونی خاصی پیدا کرده. شاید ندانید، اما احساس می کنم عشق سال های ابتدایی مان دوباره بازگشته.

لباسهای خشک شده را گلوله کرد و با یک حرکت در کمدی بدون دَر پرت کرد. با لبخندی که وقت راه رفتن بر لب داشت، خواهش کرد از خودم پذیرایی کنم، قبل از اینکه قهوه ام سرد شود.

زن دوباره گفت: آقای...؟ راستی من هنوز اسم شما را نمی دانم؟ اما فکر نکنم این موضوع مهمی باشد. بله داشتم میگفتم که... - حرفش را قطع کرد و رو به رویم در گوشهای از میز نشست - اصلاً یادم رفت چه میخواستم بگویم، وای خدای من. نمی دانم چرا امروز همه چیز برایم قاطی شده و حافظه ام از کار افتاده؟

به نظرم آمد که زن دست پاچه بود و سرخی گونههایش شبیه شرم دختران در اولین روزهای دیدن عادت شان بود. سپس آرنج هایش را روی میز گذاشت و گفت: عجیب است که تا به حال شما را با شوهرم ندیده ام؟ من دوستانش را از خودش هم بهتر می شناسم. بعضی از آنها خیلی به ما لطف دارند و حتا کارهایی در ارتباط با کار شوهرم در

شهرداری برایمان انجام داده اند که مثال زدنی ست. آخر چه کسی حاضر می شد به چنین مردی شغل بدهد؟ راستی، چند وقت است که شما شوهر مرا می شناسید؟

قهوه‌ام را بالا رفتم و گفتم: سه روز است؛ و دیگر چیزی نگفتم. قهوه ی سرد و تلخ مثل خون ماسیده ای در گلویم جامانده بود. زن برای چند لحظه نگاهش را از بالای سرم و سپس به چشمانم سرازیر کرد. مکثی طولانی کرد که دلیلش را متوجه نشدم. با صدای بلندی قهقهه زد و صداهای شهوت انگیزی از خودش تولید می کرد. سنش را از خودم بیشتر می‌دیدم و با همه ی سختی که در زندگی پشت سر گذاشته بود، ولی هنوز جوانیِ پوست صورتش مثل آیینه می درخشید. وقتی می خندید، دندان هایش همه سالم بودند و خیسیِ زلال دهانش نمایان می شد.

با حالتی اشک‌آلود و لبی خندان گفت: آقای محترم، شما چقدر شوخ طبعید. یعنی فقط سه روز از عمر دوستی شما با شوهرم می گذرد؟ پناه بر خدا! من که هیچ وقت نمی توانم باور نمی کنم و نخواهم کرد. می دانم حتا اگر هم راست بگویید، باز هم آدم بسیار عجیبی هستید که در این مدت کوتاه توانسته اید بر شوهرم تأثیرات مثبتی بگذارید، و همین خوب است. یعنی واقعاً خوب است و از شما سپاس گزارم. دوباره خندید و من درکش نکردم. تنها توانستم از سرِ رضایت مندی اش به زحمت لبخندی بزنم.

زنی خوش بیان بود و نگاهش که می کردی، کاملاً خُلق و مرام مردانگی به آدم دست می داد. زن گفت: سیزده سال پیش وقتی هنوز دختر جوان و تازه ای بودم، به خانه ی

شوهری بی چیز آمدم. در حقیقت از جور پدری که روز و شب را به دو قسمت حلال و حرام تقسیم کرده بود، ناچاراً به آغوش شوهری رقت انگیز پناه آوردم. از سه خواهری که در خانه بودیم، دوتایمان به خانه ی بخت رفته ایم. اما یکی دیگرمان هنوز شوهر نکرده است. راستی شما چی؟ آیا نمی خواهید آستین ها را بالا بزنید؟ خواهر من دختر سرد و گرم چشیده ایست. از من هم زیباتر است. اصلاً می خواهید برایتان قرار ملاقات تعیین کنم؟ قول می دهم پشیمان نشوید. با خنده ادامه داد: بالاخره مرد و زن تا یک زمانی مشتری دارند. والا به جای لباس عروسی باید کفن سفارش بدهید و به فکر آخرتتان باشید.

با سوالش غافلگیر شدم و سرم را بالا انداختم. گفتم: زنم مرده است... همین سه روز پیش.

زن مات و مبهوت، به سختی تف اش را قورت داد و به من تسلیت گفت. عذرخواهی کرد که نباید چنین سوالی را می پرسیده.

پشت گوشم را خاراندم و گفتم: شما نگران نباشید. از دست کسی کاری بر نمی آمد. گلویم را کمی صاف کردم و تا آمدم ماجرای آن شب را تعریف کنم، زن ران های لاغر و تراشیده اش را روی هم سوار کرد و با طمأنینه گفت: حتماً خیلی بهتان سخت گذشته. یعنی فقط سه روز؟ آخر چطور ممکن است؟ آه... می توانم درک کنم که چه برسرتان آمده. مرگ حق است، ولی خیلی ترسناک و بد است. مگر نه؟

گفتم: البته نه خیلی بد. چون همه همین را می گویند.

زن گفت: پیدا شدن شخصی مثل شما در مسیر زندگی مان، چیزی نمی تواند باشد جز لطف خدا. دوست دارم حرف هایم را تأیید کنید.

سرم را به نشانه ی نمی دانم به بالا بردم. گفتم: این جمله را شوهرتان هم گفت. اما در واقع، خدا مرا نفرستاده است. راستی اگر شما جای خدا بودید چه می کردید؟

زن دامن چین پلیسه ی سرمه ای اش را چرخاند و هنر ناز کردن اش را به رخ ام کشید. بغض کرده بود و گلویش می خارید. گفت: من جای خدا نیستم. ولی اگر جای او بودم پدرم را در جهنم نگه می داشتم، و مادر ارجمندم را به دنیا بازمی گرداندم. زنان روسپی و بی سرپرست را از خیابان ها جمع می کردم و برایشان خانه های امن و حقوقی در ماه وضع می نمودم. در جلوخان پرستشگاها صندوقی تعبیه می کردم، تا ثروتمندان بهای آزادی اشان را به فقرا فدیه کنند. اگر من جایش بودم، حس خدایی داشتم. لذت شادی کردن و مستی شراب را از دهان هیچ وامانده ای نمی گرفتم. آگاهانه فرمان می دادم و گرسنگی را از بین می بردم.

گفتم: شما آرزوهایتان را به روزگار و قدرت های ناشناخته اش واگذار می کنید. ما انسانها به هر بهانه اسطوره سازی می کنیم.

زن بدون اینکه ژست صورتش بهم بریزد یا تغییری در مواضع اش ایجاد شود، گفت: بیشتر شب ها وقتی به شوهرم که عموماً بوی زباله می دهد نگاه می کنم، با خودم می گویم: همه دست در دست هم گذاشته اند تا مرا زنده بگور کنند. من خیلی از مرگ می ترسم آقا! از اینکه روزی قرار است مثل مادر بیچاره ام در خاک سرد پنهانم کنند

واهمه دارم. حتماً بعد از مراسم خاکسپاری مرا تنها رها می کنند. من از تنهایی بیشتر از مرگ می ترسم. شب هایی که شوهرم خانه نیست و در شیفت شب کار می کند، من با چراغ های روشن می خوابم.

با کف دست طرح صورت زن را از روی میز پاک کردم و گفتم: کجای دنیا زنی را سراغ دارید که از همه چیز نترسد؟ زن ها حتا نمی دانند؛ در دنیایی که مردان خدا را نمی پرستند و سرگرم جنگ و قدرتند، در وسط این کارزار چه کاره اند؟ هر کس که عامی و پست یا خواص و توانگر باشد یا نباشد. خون عیاران در رگش باشد یا نباشد. هر کس که پیامی از معابد مخابره کند، یا که در جل جُتا بر صلیبش کشند و شراب مخدر در حلقومش ریزند و بی دردش کنند یا نکنند. هر کس که از پرستش های بیهوده در غار تنهایی، به جمع عوام مدنی بازگردد یا نگردد. هر کس که با مدح مسکینان و ذم عاقلان کیسه بدوزد یا ندوزد. آنکه سالک ان الحق شود و بر دل مریدان فرمان براند یا نراند، همه اشان زن می خواهند و یک شب باشکوه! یا شاید ندانستن اینکه بعد از مرگ به کجا می روید نگرانتان کرده؟ اما می توانید با خیال خوش به زندگی تان ادامه بدهید. چون قرار نیست به جایی برویم. از روزی که وارد قرن بیستم شده ایم، همه چیز معنای خودش را از دست داده است. هرروزمان خود مرگی ست که در ادامه روزهای گذشته تکرار می شود. بیماری های عجیب ذره ذره آدم ها را می کشند و تا به خود بجنبید که یک نسل را به آزادی برسانید، نجات دهنده خود در زنجیر مرده است. اکنون مانند قرون وسطی نیست که طاعون و سل بخشی از مردم را نابود می کرد و یکباره با انهدام موش ها، اپیدمی کنترل می شد و همه با هم نجات می یافتند.

۲٤

شما خانم محترم: اجازه بدهید در این واپسین زمان که برایتان حرف می زنم، لب به اقرار صریح بگشایم: من خودم زنم را کشته ام. با همین دست هایم. البته آن طور که می بینم، نگرانی شما در هراس از مرگ، چندان فرقی با او نمی کند. تنها با این تفاوت که من مرگ را در پتویی سیاه و مخملی به او هدیه دادم. پس شما نترسید که این حکایت چگونه و در چه روندی صورت گرفته؟ چون او هم مثل شما ترسو بود و بزدلانه به مرگ می اندیشید. ولی در نهایت آن را چشید و همه چیز برای او تمام شد.

زن ترسید. سر آسینش را می جوید و در فکر بود. بیرون از خانه صدای بوق ناگهانی زباله جمع کن ها بلند شد و زن در این هنگام از جایش پرید. متعجبانه بیرون را نگاه کرد و حالتش آشفتگی محض بود. دست هایش را جلوی سینه اش درهم قفل کرد و دعا خواند.

گفت: چرا می خواهی مرا بکشی؟ من که در اختیار تو هستم. از طرفی تو برای کمک به دوستت آمده ای. حتماً دارید شوخی می کنید!

از جایم برخاستم. دستم در اثر گرده ی خاک روی میز کثیف شده بود. با دستمالی که در جیبم داشتم آن را پاک کردم. آرام و طوری که مسئله ی مردنش پرهیجان مورد بحث واقع نشود گفتم: راستش را بخواهید من در ابتدا قصد نداشتم که به شوهرتان کمک کنم، یا اینکه به داخل خانه ی شما بیایم. حتا شما و شوهرتان فرصتی به من ندادید تا ماوقع زندگی ام را برایتان شرح دهم. احساسم این بود که همگی متفق القول به ناجی بی مخی تمایل دارید که اراده ی به قدرت دارد و بی آن که نقشه ی مرا

۲۵

بخوانید، تنها به پایان کار اندیشیدید.

زن مبهوت مانده بود. عرق از شیارهای گردنش مثل دانه های مروارید غلط می خورد و به خطی که سینه های فربه اش را به دو نیم کرده بود هدایت می شد. صدایش می لرزید و گونه هایش به رعشه درآمده بود. گفت: من هنوز امیدوارم که این حرف ها از بابت مزاح گفته شده باشد. حالا بهتر است از اینجا بروید. حتا اگر بدانم که حالم بهتر خواهد شد یا شما از من بخاطر حرف های مزخرفتان عذرخواهی کنید، باز هم از گناهتان نمی گذرم. بهتر است هر چه زودتر گورتان را گم کنید. مجبورم نکنید که پلیس را خبر کنم!

کمی به زن نزدیک شدم. صدای نفس های نامنظمش را می شنیدم. دستم را در جیبم کردم و دستمال را سرجایش برگرداندم. به چشم هایش که سمت و سویی معین را جستجو نمی کرد خیره شدم و گفتم: واقعیت همین است... شما زن ها همه ی راسپوتین های لاف زن را قدیس می کنید. همه ی رمال ها و فالگیرهای زنباز را محرم دل می دانید. به همه ی جملات آهنگین غزل می گویید و رنگ و لعاب عشق می بخشید. به شوهرهای کارگر و آهنگر خیانت می کنید. بعد از چند بار دل دادن به مردان هالو، هنوز برای عشق اولتان حیض می شوید. به هر کس که در کله مغزی برای اندیشیدن دارد و شاهرگش غیر از شما برای ادبیات و فلسفه هم راست و پرخون می شود، می گویید: ابله و بی جُربزه. ولی به مرد سبزه رویی که دهان اش بوی پیاز می دهد و نَفس در نَفس تان آروق می زند، و شب ها آن چیزش را تا سه بار تقدیم تان می

کند و شما فقط جِلنگ جلنگ النگوهای طلا یگانه دلخوشی تان است، می گویید: مرد خانه. البته صد افسوس که کسی نمی تواند مرگ یک زن را باور کند.

زن در شلوارش شاشیده بود و بوی اسید آمونیاک در هوا پیچید. قطرات زردش، از روی ساق پاهای لخت و موم انداخته اش به زمین سرازیر می شد. همه جا ساکت بود. قربانی دیگر پذیرفته بود که راهی به جز همسانی با زنِ مرده ام ندارد. در فرصتی مناسب، هنگامی که سراسیمه برای فرار از دستم به داخل اتاقی گریخت، او را در تاریکی گیر انداختم. از انگشتانم طناب داری ساختم و به قدری گلویش را فشردم که به آسانی خفه شد. انگشت پایش کش آمد و در اصابت با چرخ خیاطی کهنه ای که چند تکه پارچه هنوز زیر سوزن دوختش بود، زخمی و خونین شد. می دیدم که چگونه به جای اینکه از مرگ وحشتی داشته باشد، بُهت و حیرت تمام وجودش را فرا گرفته. فشار را تا لحظه ای که لب هایش از صورتی به سیاهی گرایید ادامه دادم. مطمئناً تا وقتی یقین حاصل نشد که کار را یکسره کرده ام، خیالم راحت نبود. دوباره چندبار با مشت به گیج گاهی اش سخت کوبیدم تا بهتر بمیرد.

روزها بعد از آن اتفاقات با خودم فکر می کردم که برای قطع مجاری تنفسی زنان مقتول و با جثه ای نحیفتر از خودم، چندان فشار و سعایت زیادی ضروری نبود. بلکه می توانستم کمی زمان تقلّای شان در جان کندن را بیشتر کنم، یا پنجه هایم را گشادتر می گرفتم تا کمتر خسته شوم. به هرحال هنوز بازوی سمت راستم، وقتی گردن زنِ را پیچانده بودم تا زمین گیر شود؛ از گاز دندان های صدفی اش تاول زده و

می سوزد. هفت روز بعد هم، درست هنگامی که قصد عبور از همان پل را داشتم، به یاد آن اتفاقات افتادم و اراده کردم تا خود را به اداره ی ژاندارم ها برساندم، و می بینید که همه چیز را به طور کامل تعریف کردم. ممکن است بپرسم کجا را باید امضاء کنم؟

روزهای زندان

در اولین جلسه دادگاه شاد بودم و نشانی از غم و درد مرا در بر نگرفت و همین موضوع مردان قانون را از دستم سخت عصبانی کرده بود. پیش رویم خرپشته ای از آدمیانی بودند که تنها به یک زبان سخن می گفتند: تفسیر مضیق قانون و احکام اجرای آن تا آنجا که شدت یابد. زبانی مشترک و ابزارهایی الزام آور و صرفاً اخلاق گرا. تا لحظه ای که آن همه مرد قانوندان را یک جا ندیده بودم، نمی دانستم کثرت در قوانین تا آن حد به یکپارچگی اشان لطمه می زند. موضوع کاملاً شفاف بود. مثلاً با اینکه هم وکیلم و هم قضات پرونده، از نظر دوره ی تحصیلات در دانشکده های حقوق بارور شده بودند، اما تعدد تفسیرهایشان از اجرای قانون شگفت آور و در تناقض با هم

بود. وکیلم یک حرفی می زد و قضات دادگاه حرفی دیگر! حال آنکه دلیل اختلافات هر دو بر سر موادی مشترک از قانون بود. کلاف سردرگم اجرای عدالت و اجماعات و الهامات دست چه کسی بود، معلوم نبود! ساعت ها بر سر موضوعاتی بیهوده با یکدیگر مجادله می کردند. داد و هوار می زدند. یکدیگر را به نداشتن درک روح قوانین متهم می کردند. کتب صحافی شده و حجیمی را ورق می زدند و تند تند از رویش می خواندند، و در آخر هم بدون نتیجه بحث شان خاتمه می یافت.

جراید در سراسر کشور خبر قتل ها را چاپ و عرضه کرده بودند. آنها عموم را در جریان لحظه به لحظه حوادث و گزارشات دادگاه می گذاشتند. عجیب بود که در میان آن همه خبر، پی نوشت هایی که درباره زندگی خصوصی من منعکس می شد، مخاطبین بیشتری داشت. چند روزنامه را که مرور می کردم، دریافتم که چه آسان می شود به همه اعلام وجود کرد. مردمی که دل شان می خواست مرا از نزدیک ببینند و بدانند چه در من ایجاد جنونی آنی کرده؟ چه عاملی چهره ی مقتولین را طوری ناصح معرفی کرده که مفهوم قاتل را در من آفریده است؟ دشمن مردم در دام پلیس! عاقبت کار یک جانی و سر و کارش با مشت قانون. حتا تیتر یک روزنامه جلد زرد، مرا قاتلی بالفطره معرفی کرده بود. در کادری عریض و طویل، کاریکاتورم را با طنابی دور گردنم و صورتی گناهکار کشیده بودند. اما واقعاً آن عکس شبیه من نبود!

در اوایل باورپذیری تمام آنچه اتفاق افتاده، کمی برایم دشوار بود. تا اینکه وکیل مدافع تسخیری ام از دادگاه درخواست تجدید وقت رسیدگی به زمانی دیگر را نمود.

رییس کل نیز بدون تأمل پذیرفت و رو به حاضرین در جلسه ی عمومی آن صبح زمستانی، چیزی که وکیلم از دادگاه خواسته بود را اعلام کرد. سپس دست بندهای مسی یا چُدنی که همیشه از سردی فلزش احساس آهن بودن می کردم را به دست هایم قلاب کردند. همراه دو نفر مأمور و بدون کمترین حرفی به طرف زندان- جایی که حدود شش ماه را در آن جا گذراندم- هدایتم کردند. در راه تمام جمله هایی که طیِ یک مسیر نیم ساعته می‌شد تا رسیدن به زندان با هم بگوییم را با خودم یادآوری می کردم. شاید با آنان می‌توانستم در مورد پرونده‌ام صحبت کنم و از راه حل هایی که مثلاً یک زندانی مشابه من داشته و کارساز واقع شده حرف بزنیم. اما هر دو مأمور مثل این که در برابر حرف نزدن‌هایشان حقوق دریافت می‌کردند، فقط مرا از ابتدای مسیر بازگشت به زندان زیر نظر داشتند و بس. یکی از آنها گاهی اوقات با اسحله بزرگی که تهِ قنداقش روی کتفش قرار داشت، کف ماشین حمل زندانی را می‌خراشید. شاید می خواست از مشکلات یک شغل تنفرآمیز گلایه کند، چون می دیدم مرتباً این کار را تکرار می‌کرد و خیلی هم در کارش جدی بود. ما سه نفر نزدیکی های ظهر بود که به زندان رسیدیم. کمی خسته و تشنه شده بودم. مرا جهت ورود بازرسی کردند و از دو مأمورِ بَدرقه خواستند به محل قبلی خود - جایی که نمی دانم کجاست- برگردند و آن دو هم همین کار را کردند. انگار داشتند مرا به دست آدم‌هایی می‌سپردند که پدر و مادرم از آنها خواسته باشند، چند روزی تا برگشتن شان از سفری دور، نزد خود نگهدارند. احساس ناز پروردگی مأیوسی در من تداعی می شد. دیدم که عده ای از زندانیان تازه وارد هم به آنجا داخل می شدند. نمی دانم جرم هر کدام چه بود یا چه

می‌توانست باشد؟ ولی می‌توانستم حدس بزنم، حتماً کارشان از نظر مأمورین استخدامی در دایره مبارزه با افرادی که نظم و امنیت کشور را به آشوب می‌کشند، بایستی خیلی مهم بوده باشد. کاملاً تحت مراقبت بودند و به پاهایشان زنجیرهایی پولادی و به دست شان دست بندهای نقره‌ای شکلی آویزان بود و آنها را در یک صف طولانی به خط کردند. مچ پاهای لخت شان، تمام حجم حلقه ها را پر کرده و سرهای تراشیده اشان به جلو خم شده بود. سربازی شلاق به دست و چهارشانه با سرکشی و پتین های واکس خورده به سمت دالان مرکزی زندان هدایت شان می کرد. این فکر که ممکن بود من هم یکی از مرتکبین جرم‌های انتسابی آن زندانیان باشم، مرا به خود می لرزاند. نه از ترس عملی که عنوان مجرمانه داشت، بلکه حسی شبیه وقتی آدم برای داشتن موقعیت‌های خطرناک، ماهیچه یِ شانه هایش تکان می خورد. شاید همه ی آن زندانیان زنجیر به پا، روزی مثل من احساس امنیتی نسبی به مجرمان بالادست تر از خود در مقابل قانون داشته اند.

خیلی زود در سلولم خزیدم و به تختم تکیه دادم. سرمای خشک هوا نوک انگشتان پایم را سوزن می‌زد. در حاشیه یِ دیواری که به تخت چسبیده بود، ردیفی از مورچه ها، دانه های گوناگونی حمل می کردند. جایی خوانده بودم که آنها دارای حس بویایی قوی شبیه یک سگ هستند.

با امروز ۱۸۰ روز از حبسم می‌گذرد و زندانی های دیگر می گویند که زیر تیغم. با امروز ۱۸۰ روز می گذرد و به این بیغوله که دارای اتاق های زیادی ست، نقل مکان کرده ام.

نقطه ای در سرم درد می‌کند، ولی خوشحالم. زیرا چند روز بعد دوباره به حالت عادی باز می‌گردم. همیشه همین گونه است. زندانی روزهای ابتدایی ورودش مهمان ناخوانده ایست که حتا پیژامه اش را به زور جلوی دیگران تعویض می کند. توی سرش می زنند. در بازجویی های پی در پی بیهوش یا سر از انفرادی های مرطوب و سرد در می آورد. ولی همچنان که مدت زیادی از حبس اش بگذرد، رفته رفته پوست کلُفت و مانند آدم های گستاخ می شود. کم کم با پرسنل اداری و نظامیان و قضات و دیگر زندانیان خو می گیرد. تا حتا که برای وداع در صبح مجازاتش، همه از جمله بازجویش او را مثل یک برادر در آغوش می گیرند و مترحم می شوند.

حدود یک ماه است که هیچ صدایی از سلول همسایه ام نمی‌شنوم. همیشه اواخر شب گوشم را به دیوار اتاقش می چسباندم و حرف های نامفهومی را می شنیدم. شب‌های دیگری هم بود که به او - مثل من - می‌خواستند آمپول بزنند و مقاومت می‌کرد. یادم می‌آید چند نفر او را کتک می‌زدند که چیزی به آنها بگوید.

چند روز بعد افسر نگهبان خبر آورد که همان زندانی مُرده. گفت: تو یعنی من باید درس عبرت بگیرم. این عاقبت زشت جنایت کاران است. تنها مردن و بدون آنکه کسی از مرگت غمگین شود، بسیار بدتر از کشته شدن بوسیله مردان قانون می باشد. افسر نگهبان همچنین می گفت: تاکنون توانسته عده ی زیادی از مخالفین و شورشیان را در بندهای شان با یک گلوله خلاص کند. او با شهامت و حس اعتماد به نفس حرف می زد. می گفت: از قانون اساسی کشورت باید ممنون باشی که زودتر از

اینکه دست مردم بیافتی و پاره پاره ات کنند، تو را بدون درد می کشد. ما به طور حتم هزینه های مجازات و سربه نیست کردن تو را از بودجه ی عمومی خواهیم پرداخت. مهم در این میان انتقامی ست که جامعه از تبهکاران می گیرد. از همان کسانی که آسایش را بر ملت حرام کرده اند. فقط خدا به داد شماها برسد. چه سرنوشت محتومی که در انتظار شماست.

البته به درستی درک نکردم که چرا افسر این حرف‌ها را به من می‌زد. ولی فکر می کنم این اتفاقات، نتیجه ی آزمایش‌هایی بوده که روی زندانیان صورت می گرفت. از موضوع زندانی یه مُرده ناراحت نبودم و حس می‌کردم برای مرگ کسی که تا به حال او را ندیده‌ام، چگونه می‌توانم نگران باشم.

در اتاقم کمی از بابت نبودن هم‌نشینی گرم، آزرده هستم و بیشتر اوقات به خود می لولم. چه خوب بود هر کسی را که اراده می کردم در اختیارم می گذاشتند تا مانند عنکبوت شیره اش را می مکیدم. یا دوباره آن قدر لاغر می شدم تا از زیر شکاف درب بزرگ زندان رد می شدم و به خانه برمی گشتم. یا اگر نامرئی هم می شدم چه خوب بود! جای دوری نمی رفتم و در همین زندان به آشپزخانه می رفتم و غذای مورد طبع ام را می خوردم. خانه خانه است. چه فرقی می کند که کجا باشم؟ این جا یا آنجا باشم؟ بیرون از زندان در قفس افکارم گرفتارم، و پشت میله های زندان در فکر آزادی از قفس. اندیشیدنم همه به آنچه ندارم و در آتیه به دست خواهد آمد گرفتار است، و غمگسار اینکه این مویه کردن های از دَهر، عاقبت چه سودی دارد؟ نمی دانستم

دلتنگی های که بی مهابا برجانم می افتند چه هستند؟ آیا فضایل اخلاقی من درست بارور نشده اند؟ آیا همان اندازه که عمر گذرانده ام، شجاعت ام هم بیشتر شده که دست به چنین جنایتی زدم؟ دغدغه های من آن آفت هایی طبیعی ست، نشان گرفته از نوع بشریت که مرا گاهی حیوان و گاهی انسان نشان می دهد. بیان هر فاجعه پس از انجام آن کار بد معنا می یابد، و در دم حالم را از مشابهت ذاتم با دیگر آدم ها دگرگون و متهوع می سازد. کاش این شب و روزها تمام می شد. کاش عمر فرسوده ام با اعتراف بر کشتار دو جنسِ ظریف به سر می آمد. به راستی در انتظار چه هستم؟ آتش معابد در آتشکده ها بیهوده می سوزند، مثل دل من که برای خوابی ابدی گلگون شده است. گذشتن نیمه ای از عمر در شهوت قدرت خدایان و تقسیط نیمه دیگر بر رنج و بیماریِ پیری؛ همه سرآغازی ست که می اندیشم، ژرفنای جهالتم تا کجا ادامه خواهد یافت؟ آیا در همین لحظه من می توانم دلم را دوباره به پرستش وادار سازم؟ کماکان بی خبری مردمان در تقابل با آگاهی دور و برشان، متشبه دیدن شهابی روشن در آسمان است. طیفی رنگارنگ از انکسار هزاران نور، که یکی به ما عیان می شود. من انسانم و وعده داده ام که شاد زیستن رسم من باشد. گرچه گیسوان پیری رویم را مانند ماه تابان سفید کرده، اما عشق به زندگی چیزی نیست که به سادگی پایان بپذیرد. مرگ چه حقیقتی دارد؟ مردن های ما که مرگ نیست.

می توانم بگویم در زندان که هستم، همه چیز خوب است و از غذا و محل خوابم ناراضی نیستم. ولی اکثر کسانی که این جا هستند، نسبت به همه چیز، مخصوصاً وضعیت آشپزخانه دائماً اعتراض می‌کنند. یا غذایشان را نمی‌خورند، و با قاشق‌های

شان روی میز می‌کوبند. یک بار هم که تعدادی آدم های مهم برای سرکشی به سالن غذاخوری وارد شده بودند، زندانیان از غذای بد و گیر کردن سیفون مستراح شکایت کردند. بعد از آن ماجرا، همه ی زندانیان و از جمله من که کوچکترین اعتراضی هم نداشتم، برای مدت یک هفته از پیاده روی در هوای آزاد محروم شدیم. این روزها بیشتر خودم را به خواب می‌زنم تا زمان زودتر بگذرد و از طولانی بودن هر چه انتظارش را ندارم، رنج نکشم. شب ها هوای نمناک و خوشبوی بیرون سلولم را استشمام می‌کنم. به اندازه تمام عمرم می‌توانم خاطراتم را مرور کنم و کمی به گذشت زمان‌های بی ارزش این مکان کمک کنم. شاید فردا روز بهتری باشد. با این حال در پی همین دل خوشی یه کوچک؛ همه چیز، غیر از آنچه که مرا امیدوار به تغییری هرچند ساده نگه می‌داشت را در ذهنم می‌کشتم. به یاد روزهایی که نه چندان از عمرشان گذشته می افتم. چهره ی زنانه ی مقتولین، یا مثلاً صبحی که زنم پرسید: آیا دوستش دارم یا نه؟ راستی من چه گفتم؟! یادم نیست... فقط شاید جمله ای را برای دلخوشی اش پرانده باشم. اما نه اینکه او را بفریبم. بلکه می خواستم احساس خوشبختی و شادی وجودش را فراگیرد. ارگانیسم بدنش عشق و نفرت را در مواقع ظهورشان دریافت کند. شادی و غم را پس نزند و به ترتیب استیفای نقش حیاتی اشان درست عمل کند.

آن روز زنم شوخ چشمی کرد و در آغوشم ولو شد. نور آفتاب روی ملحفه ی سفید و تمیزی که تنها لکه ای زرد رنگ در وسطش داشت، گسترده بود. پایه های چوبی تخت خواب مان لق می زد. چشم هایم در خرمن موهای سیاه زن مثل شب تار، کور شده

بود. انگشتان دستش سفت، و قوزک پاهایش مهتابی بود. سر ناخن هایش گرد و با دیگر جوارح رعاع گونه ی من تفاوت آشکاری داشت. همچنان که با موهای سینه ام بازی می کرد، دوباره پرسید: چقدر دوستم داری؟

زباله جمع کن ها در کوچه مشغول کار بودند. باد بوی آشغال های ترش کرده را به حیاط خانه می کشاند. هوای اتاق دم کرده بود. آفتاب هر لحظه بیشتر بر ما احاطه می کرد و این در هنگامی بود، که فکر می کردم بهار فصل معتدلی ست. اما برخلاف این نظر بهار آغاز تابستان بود. در هر صورت موضوع گرم شدن ناگهانی هوا را با او در میان نگذاشتم. گفتم: دوست داشتن و دوست داشته شدن حق توست. یک زن می تواند مثل ملکه زنبورها باشد که در نهایت افتخار است. هزاران عاشق نرینه دارد، و حال آنکه شاید هیچ کدام را دوست نداشته باشد.

زن لب هایش را روی هم گزید و کج خلقی کرد: من از تو سئوال کردم که چقدر دوستم داری؟ همین.

اکنون بوی زباله به درون اتاق پیچیده بود. ناچار از جایم برخاستم و پنجره ی دولنگه ی آلومنیومی که شیشه های رنگیِ بد قواره ای داشت و مشرف به باغچه ی حیاط بود را بستم. دوباره به زن ملحق شدم و صورت استخوانی اش را به سینه ام چسباندم.

زن آرام نفس می کشید و میل به خواب داشت. اکنون زباله جمع کن ها با آژیری که بالای وانت لکنته اشان جیغ می کشید، کوچه را ترک کرده بودند. دوباره بوی خوش گل های باغچه و عطر تلخ و گرم زن در فضا پیچید. آفتاب از لکه ی زرد وسط ملحفه و

از روی کوسن مخملی منجوق دوزی نرمی که زیر کمرمان فتیله شده بود عبور کرده و من نیز در ادامه چرتم گرفته بود.

اینجا در سلولم هستم و دوباره صبح شده است. مثل همیشه بیدار شدم. دوباره دریافتم که بیدار شدنم از خواب نمی توانست کار رگ های مغزم باشد. بلکه با پدیدار شدن آفتابی که نورش، از دیوارهای آجری بلند زندان و سیم های خاردار هم رد می شد از بستر برخاسته ام. این خیال به سرم زد که آیا می شود میان دستورهایی که در مشت فولادین زندانبان نهفته است، هنوز ساعاتی را بیشتر در فراموشی بخوابم؟ آیا حیاتی متغیرانه با توالی روزها نصیبم می شود؟

صبحانه ای که هرروز از دریچه ی پایین در، داخل اتاقم گذاشته می شد شامل: نصفی نانِ گندم و یک لیوان چایی و دو حبه قند. صبح ها تعداد مگس ها بیشتر می شد. از لای درزِ دریچه ی تهویه سلولم داخل می شدند و تا شب فقط فضله های شان روی پَرّه های پنکه ی سقفی بجا می ماند. یادم می آید در گذشته از مگس ها به نفرت یاد می کردم. تا چه رسد به این که از غذای من هم بخورند! خب این هم فکری ست. کافی است در زندگی از چیزی خوش ات بیاید و از چیزی دیگر متنفر باشی. بعد از مدتی می گویند که فلانی انسان نرمالی ست. اما نمی شود در عین حالی که از همه چیز بدت می آید زندگی کنی. آن وقت همان ها حتماً خواهند گفت: فلانی تهذیب نفس ندارد. فلانی آدم بدبینی است و پارانویا دارد و کم کم می شوی آن چیزی که دیگران از تو متوقع می باشند. اگر هم از همه چیز خوش ات بیاید، باز هم خواهند گفت: فلانی خُل و چِل

شده و در این روزگار سیاه، مردک با دُم اش گردو می شکند. یکباره می بینی مثل ادویه در غذای هندوها دچار تکرار می شوی. مثل شتر بر کوهان تان بار متانت می آویزند و تا بیایی به خودت بجنبی در هیأت جمادات ظهور می کنی. شاید هم اگر طریقِ متصوفان در پیش گیری و جماعت برنایانِ پامنبری گِردت حلقه زنند، شمایل ات را پس از مردن به آستانه ی گذری پر رفت و آمد میخ می کنند، تا همواره یادت گرامی بماند. اما این آدم ها، این آدم های نالوتی... تا زنده ای و نفس می کشی، تو را با یک جهان اندیشه به تجرید می کشانند و سال های سال هم که از مرگ جان گدازت بگذرد، غبار روی شمایل ات را دستمال هم نمی کشند.

در طول مدت حبس، ظهرها سرخوش تر بودم. زیرا میل ام برای خوردن غذا باز می گشت و ضمن صرف نهار می‌توانستم دوستانم را هم ببینم. قبل از بیرون رفتن از سلولم، بر حسب عادت انگشت شمار مویی که هنوز روی سرم خودنمایی می‌کرد را مرتب می کردم. راضی بودم و احساس خوبی داشتم. رأس زمان همیشگی،سربازی درشت هیکل پس از باز کردن چفت درِ سلولم، با لگدی محکم به در می کوبید. در همه ی روزهای محکومیتم این تنها پرخاشگریی بود که وقتی خوش آیند را برایم به ارمغان داشت. یعنی به ما زندانیان می فهماند خیلی سریع از سلول تان بیرون بروید. در محوطه باز زندان آزادانه پرسه بزنید، اما بگوش باشید که بیشتر از سه نفر دور هم تجمع نکنید! این برنامه ی روزانه کمی برایم جذاب‌تر از گذراندن وقت با مشاورهای اخلاقی و مددکاران اعزامی به زندان بود. همه ی دوستان را یکجا می‌دیدم. آن چنان از حال هم نمی‌پرسیدیم، یا این که دست مرا محکم نمی‌فشردند، ولی با لبخند جواب

سلامم را می‌دادند. برای داخل شدن به سالن غذاخوری ما را در صفی طولانی و پشت به پشت گردن یکدیگر می راندند. سپس مأمورین تا انتهای غذا خوردن مان به طور آماده باش منتظر می ماندند. آنها مثل گارسون ها لباس می پوشیدند. با این تفاوت که برای سازمان زندان ها کار می کردند. من از حالت عجیب و سرپا ایستادن نفراتی که از نظر شغلی و همچنین در موقعیت کنونی زندانبان ما محسوب می‌شدند، در برپایی چنین تشریفاتی احساس شعف داشتم. سر میز با زانویم به پای دوستم، که سمت راست من مشغول خوردن غذایش بود زدم. اشاره کردم تا به ردیف نگهبانانی که ژستِ ایستادن آنها نشانه ای از ادای احترام به ما مجرمین را داشت توجه کند. آرام گفتم: می‌توانی به سمت آنها نگاه کنی؟ دوستم مثل کرم ابریشم سبزی ها و سیب زمینی های نیمه پخته در سوپ اش را می جست و می جوید. لقمه ی غذا زیر لپ هایی که نمای بیرونی اش با ریش های فلفل نمکی تزئین شده بود، چپ و راست می شد. اما او با بی اعتنایی از آنچه به او گوشزد کرده بودم، مأمورین مورد نظرم را لختی ورانداز کرد و بعد نگاه خود را به چشمان پر از رضایتم برگرداند. نمی‌دانم زیر لب چه گفت...؟ اما با حالتی طلبکارانه سئوال مرا بی جواب گذاشت و دوباره به خوردنش ادامه داد. نمی توانستم منظورش را درک کنم؛ غیر از تبادل ادراکاتی نامفهوم که امیدوارم در برخوردهای بعدی من با او در اموری دیگر واضح‌تر باشد.

بیرون از سالن غذاخوری آن مردی که با او درباره ی مأمورین وظیفه شناس حرف زده بودم، دوباره به من ملحق شد. با دست اشاراتی می کرد و حرف‌های بسیاری زد. من با دقت در لب‌های کلفت و برآمده‌اش و تکان دادن سر، او را تأیید می کردم. خیلی تند

۳۹

تند حرف می زد و حتا آب دهانش بر سر این که حروفی را بد تلفظ می‌کرد، به طرفم پاشیده می‌شد. من هم منتظر در کمین وقت پرتاب، خودم را در جهت مخالف آن کج می‌کردم، تا از شر اصابت بزاق چسبنده اش در امان بمانم. دندان‌هایش را نمی‌دانم چند وقت یک بار مسواک زده بود. اما دوباره هر بار با گفتن حروفی که یادم نیست، تمامی ردیف های زرد و نامنظمش را برایم به نمایش می‌گذاشت و از او حالت دل زدگی پیدا می‌کردم.

در محوطه ی زندان و زیر سایه ی نه چندان پرپشت ابرها، و روی گردان از شهری که همیشه بیادم مانده بود با آن زندانی گذراندم. چیزی طول نکشید که با صدای سوت نگهبان توانستم از حضور خسته کننده‌اش رها شوم و به سلولم برگردم. نمی دانم تا چه ساعتی از روز را در تختم خوابیدم. اما هنگام بیدار شدنم، شوق شاشیدن دلم را می لرزاند. شاید بیشتر تنهایی و استقلالم در یک مکان خصوصی بود که این حس گرم و فکر پلید را در من می آفرید. همیشه فکر می‌کردم، باید عموماً محفظه‌ای از نایلون انعطاف‌پذیر با خود در زیر پتو داشته باشم، تا بتوانم در آن سرازیرش کنم. همچنین مجبور نباشم، دست به اقدامی بزنم که بعد از انجامش نتوانم مثل آدم های اخمو در آینه خودم را نگاه کنم. با دستم محلی که آب گرم و اسیدی ناشی از ضایعات کلیوی من در آن جا متمرکز شده بود را لمس کردم. حس سرد مزاجی و تحمل ناپذیری درونم شعله می‌کشید. وقتی درباره‌ی این نوع زندگی ها ژرف می شوم، تنها جسمی ضعیف با انواع بیماری‌های ناشی از سَرسَری گرفتن موضوع نگهداری آن مایع خطرناک در ذهنم متصور می شود. دوران محکومیتم در وضعی که حتا از گفتنش شرم دارم، مرا با

انسانی دارای خاطرات نه چندان عمومی مواجه می‌ساخت. وجودم میان لجنزاری تنفرآور، درگیر تلاشی بیهوده بود. احساساتی از جنس سرگشتگی یا چیزی شبیهه تشبیهاتی که معانی ذاتی آن را درک نمی کردم همیشه همراهم بود.

یک ماه بعد دوباره همان دادگاه از من خواست در جلسه ای که ترتیب داده اند شرکت کنم. اشکالی نداشت و با رغبت تمام پذیرفتم. وکیلم قبل از جلسه ی دادگاه حرف هایی مبنی بر اینکه ممکن است نتیجه آخرین جلسه به نفعم تمام نشود و این قبیل نصایح زد. مرتب بدنبال یافتن راهی برای تبرعه خود از شَر زحمت بی اجر و مواجبش بود. در کل از لحن صحبت‌هایش چیز زیادی دستگیرم نمی‌شد. تنها در مورد مواد قانونی و کتاب کوچکی که در دست داشت حرف می‌زد. دائم آن را جلوی صورتم تکان می‌داد و می گفت که در کلیه مراحل دادرسی، حدالامکان کمکم خواهد کرد. شاید لازمه ی کار یک وکیل خوب همین بود. اما نمی توانستم منتظر تمام شدن سخنرانی اش بمانم. حین تلاشش برای متقاعد کردنم به مواردی از قانون مجازات و ترفند هایی که در پیچ و خم قانون یاد گرفته، متوجه شیارهای باریک روی پیشانی کوچکش، و اِنزجاری که از تحمل یک موکل بی چیز را می کشید شدم. از طرز لباس پوشیدن‌های گشاد و مربعی شکلش می‌توان حدس زد، که انسانی ست شبیه دیگر تحصیل کرده های حقوق. در اوج افتخار به هدفی بالاتر از این گونه دعاوی می‌اندیشید، یا شاید هم هیچ کدام! برای این که بتوانم سرِ وقت در جلسه ی دادگاه حاضر شوم، وقتی داشت حرف می زد، به طرف درب ورودی سالن اصلی حرکت کردم و وکیلم را با نظراتش تنها گذاشتم.

٤١

دو مأمور بدرقه ام مرا هل می‌دادند و فکر می کنم با این کار، سرعت رسیدنم به جلسه بیشتر می شد. خیلی زود خودم را در میان جمعیتی که از تماشاچیانِ جلسات قبلی هم بیشتر هجوم آورده بودند یافتم، و کمی جا خوردم. می‌توانستم حس تنفر را در چشمان تماشاچیان ببینم. من در جایگاه مخصوص متهمین قرار گرفتم و ردیف‌های جلو را وکیلم و مرد کارگر و خانواده ی زنم و عده ای دیگر نشسته بودند. مرد کارگر دائماً در حال گریه بود و از دور می دیدم که حرف هایی با خودش می زند. یا اوراقی را امضاء می کرد و چیزهایی را به مردی توضیح می داد.

منشی رییس دادگاه زنی میانسال و عینکی و نسبتاً زیبا بود. روپوش تنگ و چسبنده ای بتن داشت و آزادانه به همه جا سرک می کشید. شاید کل مردان قانون و در رأس آنها رئیس دادگاه نیز اماره ی زن بودنش و آن هم زن خوش سیمایی که در عین همکار بودن، غیر قابل دسترس باشد را دلیل بر وقاحت اش می دانستند. منشی با چابکی پرونده‌ها را جا به جا می‌کرد، یا با عده‌ای در ردیف های جلو مشغول حرف می‌شد. دوباره به صندلی چوبی کهنه ای که روکش های پلاستیکی نشمینگاه اش چاک چاک و دریده شده بود برگشت. حرکات منشی باعث فراموشی ام درباره این که کجا بسر می برم شده بود. در آن شلوغی، با ادب بودنم در مقام یک جنایتکار سرگرم کننده می‌آمد و با شادی در دادگاهی که به افتخارم تشکیل شده حضور داشتم.

رئیس دادگاه شنل راه راه طوسی پوشیده بود. پشت سرش هم دادستان و دو نفر دیگر از قضات عالی مقام دادگاه راه می رفتند و با تشریفاتی خاص وارد سالن شدند. خیلی

با وقار در جایگاهی بالای سالن و در سمت راست من قرار گرفتند. هنگام ورود قضات به سالن جلسه، همگی حاضرین به نشانه احترام از سرِ جایشان قیام کردند. من هم با اشاره وکیلم برخاستم و بعد دوباره همگی نشستیم. جلسه در نهایت سکوت آغاز شد. از حرکات سریع دست و پا؛ همچنین ابروهای تمیز کرده و هشتی شکل خانم منشی می‌توانستم جدی بودن مسائل و همین طور اهمیت برگزاری دادگاه را درک کنم. ابتداً رئیس کل که مردی جا افتاده با ریش‌های نوک زده ی خاکستری و موهای مجعد با جمله‌ای رو به حاضرین، جلسه را رسمی اعلام کرد. سپس دادستان که مردی زردرو، گوش هایی بزرگ و پرمو و دارای لهجه ای محلی بود، سکوت سالن را با سرفه اش شکست و شروع به صحبت کرد. از رئیس دادگاه اجازه گرفت و موارد اتهامی ام را برای همه تعریف کرد. مرا طرف خطاب خود قرار داد و بار دیگر خواست که در دادگاه جز حقیقت چیزی نگویم و به کتاب آسمانی با بلند کردن دست راستم قسم یاد کنم. من هم این کار را که در جلسه ی قبل انجام داده بودم، دوباره تکرار کردم. دادستان عینکی دسته طلایی با شیشه های محدب و برآمده را از جیب پیراهن زیر کت اش بیرون کشید و روی صورت اش که حالا گُل انداخته بود گذاشت. با دستمال سفیدِ کوچکی، عرق روی پیشانی اش را پاک کرد و به من گفت: اولاً خودتان را به طور کامل معرفی کنید. دوماً برای دادگاه شرح دهید، آیا تمامی اظهارات خود را همان طور که در جلسه ی قبل اقرار کرده اید، دوباره تصدیق می‌کنید یا خیر؟ سوماً آیا می پذیرید که جرمتان کمتر از خیانت علیه بشریت نبوده است؟

دوباره خودم را حتی کامل تر و آشکارتر از قبل معرفی کردم. اما کمی گیج بودم و در

مورد سوال سوم دادستان، چیزی از جلسه ی قبل را به یاد نمی‌آوردم و از واژه ی خیانت به بشریت بدم می آمد. دادستان دوباره سؤالش را تکرار کرد: آقای.... - که در این جا تردید دارم اسم خودم را بازگو کنم- از شما سؤال کردم؛ آیا حرف های من مفهوم است؟ یا در گوش‌هایتان چیزی داخل کرده اید و صدای عدالت را نمی شنوید؟ مردم با صدای بلند خندیدند و من دلیلش را متوجه نشدم. ولی مشابه این صحنه‌ها را در شوهای تلوزیونی زیاد دیده بودم. وکیلم بلافاصله برخاست و با اجازه از رییس دادگاه گفت: جناب رییس! قضات محترم عالی مقام! در لایحه ی دفاعیه‌ای که متن آن مفصلاً تقدیم حضورتان گردید و هم چنان بر اساس دلایل کافی و مستندات مبثوت در پرونده ی امر، موکلم دست به کاری ناشایست زده و این را همه قبول دارند. همه می دانیم هر انسان در زندگی دچار اشتباه می‌شود و ممکن است فریب کسانی را بخورد که به آنها اعتماد کرده. موکلم آقای ... در گذشته انسانی درستکار بوده و طبق تحقیات مأمورین بخش جنایی، وی به خوش نامی و امانت داری در محل زندگی اش معروف بوده است. او حتا جریمه ی رانندگی هم نشده و در عین رعایت حقوق شهروندی، فردی باآبرو بوده است. آیا باید گفت که او اساساً مجرم به دنیا آمده؟ آیا می توان پرسید، نقش جامعه در ارتکاب چنین جرایمی چیست؟ آیا دنیای وحشی ما از او یک بیمار روانی نساخته؟ چرا از خودمان نمی پرسیم که آیا بار دیگر ممکن است این جنایات را شخصی دیگری هم تکرار کند؟ سئوال اساسی هم اینجاست دوستان! موکل محترم بنده تحت تأملات شدید روحی و مشکلات لاینحلش بوده. از کار بیکارش کرده اند و زنش به او تمکین نداشته. پرونده ی امر موید این گفتار من است.

با آزمایش هایی که در روانسنجی پزشکی قانونی بعمل آمد، موکلم دارای بیماری روحی لاعلاجی ست. او را در حالی که آرام می پندارید، آتشفشانی از جنون در او فوران دارد. قضات محترم، هیت منصفه ی محترم! اکنون وقت آن نیست که یک بیمار مورد محاکمه قرار گیرد. پس تکلیف کنوانسیون حمایت از حقوق شهروندی چه شد؟ شما می توانید در تحقیقات به عمل آمده ملاحضه کنید که زنش چه بر سرش آورده و او را به به کجا کشانده است؟ متعاقباً از محضر عالی قدر ریاست محترم دادگاه و هیأت محترم قضات ارجمند، عاجزانه درخواست تخفیف مجازات را با عنایت به عدم سابقه ی کیفری موکلم و مهمتر از همه « رضایت بی قید و شرط اولیای دم» و اجرای ماده ۵۲ قانون منع مجازات مجانین را دارم.

حرف های وکیلم که به قانون و کارمندان آن اظهار عجز می کرد را دوست نداشتم. چون نوع کار وکیل، دارای روح التماس و چاپلوسی می آمد. آخر چرا باید دادستان- که حدود سن خودم را داشت- به حالم دل بسوزاند؟ نمی دانم. شاید هم این تشریفات، جزای جنایاتم باشد. یقین داشتم هنگام ارتکابِ کار بدم، لذت قابل وصفی تجربه کرده ام و هیچ کس را در آن لحظه ها شریک نمی‌دانم. وقتی قادر به توصیف دقایق آن موقعیت دل‌انگیز نیستم، دیگران با حس حسادت شخصی مرا مجازات خواهند کرد. به راستی کیفر کاری را پس می دادم که بعضی از حاضرین در جلسه ی آن روز، آرزوی وسوسه‌باری از انجام عملی مشابه اش را در در سر می پروراندند، و یقیناً از اعتراف به میل حذف عده ای دیگر با عنوان دشمن شان واهمه دارند.

داشتم با خودم کلنجار می رفتم که مردی از میان جمعیت بلند شد و فریاد زد، اعدامش کنید، او دیوانه است. وجود این گونه حیوانات در جامعه خطرناک است!

مات و مبهوت از کار مرد بیگانه، شگفت زده بودم و این طور به نظرم رسید که دادگاهِ حاضر مربوط به شخص دیگری غیر از من در حال برگزاری ست. خنده دارتر اینکه برای چند لحظه وجودم ملتهب شد؛ انگار حرف هایی که با خودم تکرار می کردم را او شنیده باشد. به وکیلم نگاه کردم و او اشاره کرد که به اتفاق پیش‌آمده کاری نداشته باشم... از طرفی من هم قصد داشتم همین را به او بگویم که اگر توجهی به سخنان آن مرد نکند بهتر است. ولی وکیلم کار خودش را می کرد، و بلافاصله با شخصی که در سمت چپش لم داده بود، صحبت کرد و من نیز در جایگاهم آرام گرفتم.

رئیس دادگاه با لحنی تند فریاد کشید و خواست مرد خاطی آرامش جلسه را حفظ کند. به همه هشدار داد از هر عملی که بر روند دادرسی تأثیر می‌گذارد دوری کنند، والا مجبور می شود در صورت تکرار، آن مرد یا هر شخص برهم زننده ی نظم دادگاه را تا سه روز زندانی کند. دلم به حال آن مرد که احساس می‌کردم مورد غضب رئیس دادگاه قرار گرفته بود، کمی به درد آمد. ولی از صراحت کلام رئیس که می‌تواند دستورات مطلقی صادر کند خرسند بودم و او را به دلیل انتخاب شغلش که حتا کمتر از توانایی هایش بود می‌ستودم. دادستان یکبار دیگر همان سئوالاتش را پرسید و مرا که تا آن لحظه مسحورِ اتفاقات پیش آمده بودم شوک داد. از خطوط موازی در لباس های دادستان، به نظمی اثر بخش در زندگی‌اش پی بردم. موهایش را به یک طرف شانه

کرده بود و رگه ای از نوری شکسته روی موهایش سُر می‌خورد. یقه‌اش تا آخر بسته شده بود و از این حالتش احساس خفگی می‌کردم. دادستان حتماً دارای حقوق مکفی بود و تازه شاید خارج از محل دادگاه مناسباتی دوستانه با رئیس دادگاه نیز داشته باشد. مثلاً اگر روزی مشکلی برایش درست شود که می‌بایست جای من قرار گیرد، خب مسلماً رئیس جانب او را می‌گرفت و بی رحمانه اینکه نوعی تسخیر خیلی آسان خوشی های این دنیا را در بَر داشت. در سالن دادگاه سکوت سنگینی پهن شده بود و پس از این که رو به جمعیت کردم، حرفم را گفتم. دادستان دست‌هایش را باز کرده بود و به طرفی که حضار نشسته بودند راه افتاد و گفت: شما ای مردم! آیا از زبان این مرد چیزی شنیدید؟ گردنش را کج کرد، قیافه ای حق به جانب گرفت، و با مکثی طولانی ادامه داد: من که هیچ متوجه نشدم. دوباره مردم با خندهایی پاره پاره به او حق دادند. دادستان برگشت و دوباره سوال کرد: از شما برادر من، آقای محترم! دوباره می پرسم: آیا به عنوان یک مجرم از خود دفاعی دارید؟ هر نظری دارید با صدای بلند بگویید تا ما هم بشنویم. در این لحظه رئیس دادگاه با صدایی خش‌دار مثل اینکه از خواب پریده باشد، سرش را کمی به طرفم خم کرد و با لحنی دوستانه‌تر خواست که دفاع کنم و حرف بزنم. وکیلم نیز برخاست و با صدایی رسا و شفاف، گویی من از او خواسته بودم، روبه رییس دادگاه کرد و گفت: اعتراض دارم جناب رییس... اعتراض دارم. موکل بنده در اثر این نوع رسیدگی و بازجویی های پی در پی دچار اضطراب و سر درگُمی شده است. سپس دوباره همان جا نشست و باز درِگوشی با همان شخص کنار دستش حرف زد. وکیلم حالتی از طنز در چهره‌اش می‌درخشید. رفتار تدافعی اش خشنودم می کرد

و در کل از روند دادرسی و برخورد کلیه ی دست اندرکاران قضایی راضی بودم. تلاشم همه در جهت این بود که مانند دراز زبانان، ماهیچه ای خیس را در دهانم بچرخانم و بجنبانم. به هر زبانی که برای عموم قابل دریافت باشد و با نثری مسجع و جامع الاطراف و همان گویشی که در محاورات ملت جای دارد و با ابروهای پرپشت و درهم کشیده به فریاد درآیم. به خش و خش بیافتم. به زاری و دریوزگی و پشیمانی بیافتم. بکشید مرا... من که میهنی را به غرض درنوردیدم و بیرق پطروس در سرزمین تان کاشتم. بکشید مرا و چرندهایم را با خونم درهم آمیزید. ناگهان بار دیگر همان کلمات را دوباره تکرار کردم، و به نظرم این بار همه شنیدند که چه می گویم!

دادستان سرم فریاد کشید: آقای... ما را دست انداخته اید؟ یا فکر می کنید برای فریب دادگاه لودگی می کنید؟ واقعاً که شرم آور است. از ریاست محترم دادگاه درخواست دارم هر چه زودتر این جانی خطرناک که وجودش آکنده از نفرت و ناامنی در اجتماع است را به اشد مجازات محکوم نماید. شاید این درس عبرتی باشد برای کسانی که قانون و نظم کشورمان را به تمسخر گرفته اند. پچ پچ های مردم سکوت سالن برگزاری محاکمه را شکست و مرا متوجه ی خود کرد. بار دیگر رئیس کل خواست حرفی بزنم و آرام به من فهماند که از خود دفاع کنم. در آن لحظاتی که بوی اسید می داد، نمی دانستم به چه فکر می کنم. انگار متوجه نبودم دادگاهی که در آن شرکت کرده ام، مربوط به جرایم ارتکابی من است و باید هرچه زودتر کاری می کردم. از طرفی به لحن دوستانه ریاست کل دادگاه فکر می‌کردم که چرا رفتارش در جلسات قبلی به این صمیمیت نبوده؟ نسبت به برقراری رابطه خوبی که بین من و رئیس

دستگاه قضایی ایجاد شده بود فکر می کردم. حتا دو بار از من خواهش کرد تا حرف بزنم و از خود دفاع کنم. در وجودم حس خوشدلی پیدا شده بود. چه بسا زن و فرزند آقای رییس هم از من خوش شان آمده باشد. می دانم که قضیه ی جنایت من برای زنان شهر، داستانی وهمناک و شور و حالی پلیسی داشته است. فرزندان کوچک شان در آغوش مادر با آوردن نام من به خود می لرزند. در همه جا حرفِ من است و گوشه ای از زیستن های یک نفر به خوبی سرگرم شان کرده. از مجموع کلماتِ پراکنده در فضای دادگاه، جز به چند تایی که صدایم می زدند را گوش نمی‌کردم و تحملم سر می رفت. دلم می‌خواست به سالن غذاخوری برگردم و درباره پیشخدمت‌هایم که وقت و کار خود را برای مراقبت از ما زندانیان در نظر می گرفتند با دوستم حرف بزنم. زیر سایه منبع آب و در وسط خرپای بزرگش بخزم و بخندم. دوباره به خانه ی خودم برمی گشتم و برای یک عمر می خوابیدم. دلم برای گوشه گوشه ی آن خانه ی متروک تنگ شده. عکس های سیاه و سفیدی که براق به نظر می رسید و به دیوارهای گچ و خاکی آنجا میخ کرده بودم. چه خوب می شد در یک چشم برهم زدنی، مثل بادبادکی ریسمان بریده در ابرها شناور می شدم. راستی زنم هم الان به من فکر می کند؟ تنها زودتر از من در استحاله ای ابدی گم شد. کاش او مرا حذف کرده بود! روزی که تنکه ی سفیدی پوشیده بود و راحتی عضلاتش را آزادانه در هوای خنک بهار می دیدم. چه روز خوبی بود... دیدن همنوعی که چنانچه مرد اشاره می کرد، به هیأتی دگرباش درمی آمد. زن مُرده ام با چهره ای سبزینه و آبله گونه اش، وقتی به من فرصت می داد تا جوش های پیشانی بلندش را تمیز کنم، یعنی نیازِ کودن مردی معلوم الحال، با حمله

ای مرموز به زن خیس برآورده شود. آنگاه من بودم که می مردم. همین روزهای گذشته بود که خوابش را دیدم. نمی دانم چرا دوری گزیدن از شریک زندگی، آدم مُطَلق را مدام برای حمله به شرکای زندگی یه مردان دیگر می فریبد؟ و این چیز خوبی نبود، و شاید هم برای اینکه من از ابتدا در دلم عشقی نداشته ام. در دادگاه با دیدن زن منشی دریافتم که تا موضوع گذران سختی های زندگی به راحتی قابل پذیرش است. درست همانند سرسره گرفتن از کمر روزگار، پر از سرعت و شادیست.

برای بار سوم جملاتم را دقیق تر گفتم و منشی فقط می نوشت و در مشق‌هایش سعی می‌کرد هیچ موردی از حرف‌هایم و هر چه در دادگاه می‌گذرد را از قلم نیاندازد. احساس می کردم بسیار مهم شده ام که تمام حرف هایم باید ثبت شوند

وکیلم برآشفت و از جایش بلند شد. با همان طنز مخصوصی که در او می‌یافتم گفت: من دارای سلامت عقلانی نیستم و در این شرایط ادامه دادرسی به صلاح و شایسته دستگاه قضایی نمی‌باشد. از رییس دادگاه درخواست عدم شنود اظهارتم را به لحاظ وضعیت خاص متهم نمود. خواست تا جلسه ی رسیدگی بار دیگر تجدید شود. رئیس دادگاه هم پذیرفت و اعلام کرد که دادگاه و هیأت قضات عالی رتبه، در جلسه ی آینده که آخرین جلسه هم محسوب خواهد شد، جهت صدور رأی نهایی وارد شور می شوند.

دیوارهای سالن دادگاه که مشخص بود مدت زیادی از زمان رنگ شدن شان نمی گذشت، در سکوت فرو رفته بود. مثل اینکه منتظر خبری با اهمیت درباره خودم و یا دیگری باشم، از مأمورینِ پشت سرم پرسیدم: در چه موردی وارد شور می‌شوند؟ یکی

از آن ها با سرش به جهت پشتِ سرم اشاره کرد. وقتی برگشتم به سمت مورد نظرش، ناگاه وکیلم را در مقابلم دیدم. این برخورد نزدیک در آن لحظه، مثل نوعی غافلگیری بود. به نظرم شبیه بازی می آمد. در اثر حضورش ذوق و نشاطی بی امان در من خرامید. وکیل نزدیکم شد و گفت: تو دیوانه ای و همه چیز را خراب کردی. اگر حکمی بر علیه تو صادر شود، مقصر خودتی! تلاش خودم را کرده‌ام و دیگر از دستم کاری بر نمی‌آید.

نگران پریشانی وکیلم بودم و خواستم تا آرامشش را حفظ کند. یک زنجیر نقره ای به گردن داشت که از آن خوشم می‌آمد و این را می‌خواستم به او بگویم. همچنان که حرف می‌زد، موهای سینه‌اش از زیر گردن بندش بیرون زده بود و می دیدم، که حسی شیطنت آمیز برای تمایل به زن های جوان از خود می‌آفرید. گفتم: همان ابتدا توضیح دادم که احتیاجی به وکیل ندارم. ولی خودت دائماً اصرار داشتی که می توانی کارهایی برای حل پرونده ام کنی. صرف نظر از اینکه خودت با توافق دادگاه وکیل تسخیری ام شده ای.

نمی توانستم بیش از این حرف بزنم و تازه دلیلی هم نداشت وقتش را برای رسیدگی به پرونده ام تلف می کرد. مثلاً می توانست وکیل دوستم که یک سال پیش، مدیر یک کارخانه ی تولید ماکارونی را به قتل رساند بشود. البته من اسپاگتی با قارچ و نخود فرنگی را خیلی دوست دارم. بله بهتر بود روی پرونده ی او وقت می گذاشت تا به نان و نوایی برسد و از پول های دزدیده مدیر مقتول چیزی نصیبش شود؛ نه روی من که

روزها در لگنی چدنی قضای حاجت می کنم و در دل شب های تاریک، خرده نانهای خشک و ریزه را از زیر تختم بیرون می کِشم و مثل موش دندان های پوسیده ام را برای جویدن اش روی هم می سایم! خاصه این که دوستم خیلی هم پولدارتر است و مطمئنم که اگر الان هم وکیلم بخواهد می‌توانم در مورد قرارداد وکالتش بین او و دوستم واسطه بشوم.

وکیلم به جایی که قبلاً نشسته بود بازگشت و با همان شخص کنار دستش مشغول حرف زدن شد. گاهی اوقات هر دو نگاهی عجیب به من می انداختند و لبخند می‌زدند. شاید می‌گفتند: حواسم را از دست داده‌ام. البته در این کارشان زیاد دقیق نمی شدم. وکیلم سرش را گاهی اوقات تکان می‌داد و از چیزی ابراز تأسف می‌کرد.

دادگاه ختم جلسه را اعلام کرد. مأمورینی با جثه‌ی بزرگ، مثل سنگ دستم را گرفتند و مرا از سالن جلسه به راهروی خروجی منتقل کردند. برایم محافظ گذاشته‌اند و روشن است که از امنیت کامل آنها برخوردار خواهم بود. به دست‌هایم دست بندی که شبیه آن را قبلاً تجربه کرده ام بستند. کمی برایم تنگ بود و می خواستم به یکی از آن دو مأمور اعتراض کنم، ولی با خود فکر کردم چه اهمیتی دارد، زیرا بعد از چند دقیقه که دور مچم بماند، به آن عادت خواهم کرد و فراموش می‌کنم. دور تا دور مچ پاهایم را نیز در زنجیر کرده بودند و هنگامی که می‌خواستم راه بروم، از پله‌های جایگاه متهمین که ارتفاع زیادی هم نداشت سُر خوردم و هم چنان که به زمین می افتادم، یکی از مأمورین زُبده با جهشی سریع نجاتم داد. آن لحظه بود که ارزش یک

محافظ واقعی را در کنارم دانستم. حتماً مرد محافظ هم از اینکه کارش را به درستی انجام داده راضی و خشنود است.

پاهایم وقت راه رفتن درد می‌کرد و می‌اندیشیدم که دارای دردهای فراوانی خواهم شد؛ حتا ممکن است اثرات حلقه‌ی زنجیرها دور مچ پاهایم بماند، و این باعث سؤالات متعدد دیگران در آینده شود؛ که قضیه این دایره‌های قرمز روی پاهایم چیست؟ و شاید مجبورم هر بار داستان تکراری دادگاه را برایشان بازگو کنم. هنگام رد شدن از فضای بین تماشاچیان، بدون توجه به اطرافم، دنبال مأمورین کشانده می شدم. آن ها همه چیز را در کنترل خود داشتند و از حضور مردم به محوطه حمل زندانی ممانعت می‌کردند. گاهی اوقات با چوب دستی‌هایشان جمعیت را پراکنده می‌کردند. مردم آنجا پی در پی مرا فحش می دادند. جنایتکار کثیف باید اعدام شوی. انگل جامعه... مادرش از هرزه‌ترین آدم هاست. آشغال... کثافت... دیوث! زن کشتن که زور و بازو نمی خواست... آدم پست و بی شرف...

همچنان که گروه چهار نفره ی ما با عجله از تونل وحشت و نفرین همشهریانم می گذشت، مردی درشت هیکل و دارای شکمی بزرگ و سری بی مو نزدیکم شد. لب هایش را مانند اینکه قصد داشت مرا ببوسد، گِرد کرد و ناگهان آب دهانش را روی صورتم تُف کرد و بعد به پدرم ناسزا گفت. عقیده داشت که من فرزند واقعی او نیستم و در اثر ازدواجی غیر رسمی بوجود آمده ام. چه می توانستم بکنم؟ زیرا نظر آن مرد همین بود و باید به من حق می داد که در آن شلوغی فرصت گفتن واقعیت زندگی ام

را ندارم و بهتر است از مسولین زندان وقت ملاقات بگیرد تا با هم در این مورد حرف

بزنیم. برایش توضیح خواهم داد؛ درست است پدرم را هرگز ندیده ام، ولی او هم نباید

هر موضوعی را در هر جا فاش کند.

از بوی بد آب دهانش رنج می‌کشیدم. اما به دلیل وجود دست بندها، نمی‌توانستم برای

پاک کردنش کاری کنم. آن مرد ظاهراً مردی متمول می‌آمد. نمی‌دانم چرا تا به حال با

وجود بالا رفتن سنش که حدود پنجاه سال را داشت، اما کاری برای تاسی سرش

نکرده بود. فکر می کردم روزی باید بر خلاف آنها که از بی مویی سر رنج می برند، پول

هایم را به مصرف معینی در همین راستا برسانم، و فکرهای بیهوده ای برای پس

اندازهایی که هیچ‌گاه روز مبادایم را تعبیر نمی‌کند، نکنم. عده ای نیز که می‌خواستند

خود را به نزدیکم برسانند، با برخورد بی‌ادبانه مأمورین محافظم روبرو می‌شدند و از

این جهت فرقی برای بودن و یا نبودن شان، با همه جدیتی که در انجام حس وظیفه

شناسی‌شان می دیدم، حس نمی‌کردم. راه رفتنم و دو مأمور به دلیل وجود لاکپشت

وارم، کُند صورت می‌گرفت. هنگامی که به درگاه خروجی دادگاه نزدیک شدیم، مرد

جوانی خود را از دیواره‌یِ محافظتی مأمورین رهانید و بسیار چابُک خودش را به من

رساند. نَترس بود و همچون گُرازی که از چنگال باتلاق رهایی می یافت، به سویم حمله

ور شد. موهایش در هوا به هر سو پخش می‌شدند و بازوانش تجسمی از قدرتش را

نشان می داد. به نظرم تمام حرکات دست‌ها و لب‌ها و تکان دادن اندام آدم‌های اطرافم

از مأمورین گرفته و مردم و حتا آن جوان، حالتی آهسته و ناموزون داشت.

در جایم ثابت مانده بودم و تمام حرکات شخص مهاجم را با دقت نگاه می‌کردم. مثل این بود که به هیچ کس توجهی نداشت و مرا فقط به مثابه مرکزی جهت نشانه‌گیری و تخلیه انرژی نهفته در نیروی جوانی‌اش می‌دید. این باور را داشتم که می توانستم خیلی راحت از اثرات حمله ی ناشیانه اش مصون بمانم و در مورد دفع ضربه ی دلخراشش هیچ شکی نداشتم. اما حتا ذره ای خودم را کنار نکشیدم. آن هنگام بود که روی برآمدگی پهلوی راستم، طعم سردیِ خیسی شبیه آنچه در فنجان قهوه های بعد از ظهر می‌چشیدم، به کامم تلخ شد. مرد جوان مهاجم با جهشی نه چندان بلند که توسط پای راست او و سپس پای چپش ایجاد شد، بالاتر از عکس العمل مأمورین محافظم کارش را تمام کرده بود. هنگامی که آن وسیله ی تیز فلزی، پهلوی استخوانی ام را شکافت، تنها برق تیغه ی چاقوی کوچکش بود که مرا به خود آورد. مأمورین دست‌ها و پاهایش را گرفتند و جوانک مرتباً با صدای بلند می خندید. برق پیروزی را در چشمانش می خواندم. هنوز ایستاده بودم و سکوت مسخره ای همه مان را مسخ کرده بود. حالت استفراغ داشتم و چشمانم سیاهی می‌رفت. با حسرت به چشمان مرد ضارب که در حلقه ی مأمورین دست و پا می زد نگاه کردم. چه فکری می‌توانستم کنم؟ هیچ! جز این که راه‌های انتقال به دنیایی دیگر، آن هم با چه ابزار ساده‌ای و توسط چه کسانی درباره ی من یا هر انسانی دیگری صورت می پذیرفت. پا پس نهاده بودم و روی زمین خرناس می کشیدم. دیگر پذیرفته بودم که مسئله ی مرگِ حیات انسانی، چیزی مابین بیرون زدن از جمعیتی ست که جایم آنجا در میان شان نیست. این انتخاب من نبود که با سکته ای نمایشی خودم را برای آدم های اطرافم لوس کنم.

۵۵

بلکه احکام مجازات در یک جامعه بر اثر یک قانون انقلابی تأسیس می گردد و سپس با یک بی نظمی انفعالی اجرا می شود. این دروغ بود که مردم در اثر قراردادی صرفاً اجتماعی با دولت شان به توافق رسیده اند و در نتیجه هر عملی که از سوی دستگاه کارگزار اعمال گردد، پس مقرراتی لازم الاجرا و مباح است. زهی خیال های باطل که اگر خواب دیده ام خیر باشد! همیشه همین بوده و است. زمام داران با قدرت لایتناهی خود، از مردم تحت لوای شان باربرانی عاشق می سازند، که وقیحانه رنج می کشند و تمکین می کنند. شاید خنده دارتر فرصتی یست که قوای حاکمه با اشد مجازات، زندگی کردن و نفس کشیدن در دنیایی که بانکداران فاسد و سارقان یقه سفید هم در آن نفس می کشند را از من می گیرد. فرمانداری یکه و تنها، با تشخیص عین الیقین خود، دستور حمله یا دفاع در نزاعی مجهول می دهد و هزاران نفر را به کام مرگ می کشاند. همان شخص نیز با سیاستی فرازمینی، مقرراتی مدون جهت اجرای اهداف خود در قانون اساسی حکومت موسسان می گنجاند. من امروز بعد از خونین شدنم دریافتم، که لازم نیست مدعی العموم مباشر اجرای عدالت باشد، بلکه تبهکارانی هم که از زیر گیوتین روبسپیر جان سالم به در برده اند، می توانند احکام قاذورات را تفسیر کنند. یا اگر لازم باشد مهدورالدمان را به کیفرگاه بکشانند و در یک صبح سرد زمستانی، بدون استحمام مقدس زبح شان کنند. شاید حاکم، چماق بدستان را در نظر عوام ملامت کند، اما ملاحت فرمانبری آنان را در خفا تبریک می گوید. من امروز به عنوان فردی از هزاران فرد بلاتکلیف سخن می گویم. می گویم که آزادیِ پس از رنج و درد، نوش داروست و بی فایده. اینکه مقرراتی صرفاً به آفرینش معنای لغوی برابری و

برادری ختم شود، یعنی مدت زمانی دراز سرکشی و جنون حاکمیت کند. در مملکتی که خوشبختی دیرتر از سوشیانس ها ظهور می کند، امید به بهبود اوضاع، مزه هلاهل زیر زبان فقیرانِ نحیف پیکر است. مرد بی دفاع و آماده برای مردن، که دیگر بازخواست و دادگاه ندارد. برای چه عذابم می دهند؟ از دست که می گریزم؟ خوشبختی کجاست؟

درد داشتم و خون از ناحیه زخمم جاری بود. دیگران ساکت شده بودند و مرا ناسزا نمی‌دادند. در برابر شرایط فعلی راضی بودم، تا شاید لحظه ای از زمان مردم را آرام کرده باشم. چه بسا پیش آمدن چنین اتفاقی آنان را کمی منطقی کند. مرا به بیرون از سالن دادگاه و در اتاقی که پُر بود از پرونده های بد بو انتقال دادند. زخمم را با بتادین و گاز و کمی پنبه پانسمان کردند، ولی از شدت درد می سوختم و مانند مادگان باردار ناله می‌کردم. دستم را روی زخم که می گذاشتم، از حرارتش انگار قلبی زنده در تمام اندامم، مخصوصاً در محل پانسمان شده با ریتمی تند می تپید. حس بدی داشتم و می دانم که در این لحظه، حتا یک سگ هم دوام نمی‌آورد. راستی چرا سگ؟ مثلاً یک اسب که از سگ هم قوی‌تر است و می‌تواند بدود تا دردش را فراموش کند. مجموعاً از نوع کار جوان ضارب ناراحت نبودم و همین طور نمی‌توانستم او را مقصر حوادث بدانم. تنها عذاب روحی ام، سرورِ دل ساده ی من در ادامه ی حرکت هایی سریع‌تر، به سوی چیزی که پایانش مُبهم بود و با این وقفه تا حدی کامل شدنم را کُندتر می کرد. چون باور داشتم امورات پیرامونم به خودیِ خود، مسیر انجام در نابودی هر چیزی را به همراه دارد.

آمپول مورفین آرامم کرده بود و این اولین باری بود که حالم از ناخوشی محض، به سرعت بهبود می یافت. سردم بود و استفراغِ روی پیراهنم بوی مریض خانه می داد. شبیه وقتی خواهر کوچکترم در کودکی شیرهای با ارزش مادرم را بالا می‌آورد، و بوی ترش لباس‌هایی که مادرم برایش از بازار چهارسو می خرید، حالم را بهم می زد و او دائماً گریه می کرد. اما الان با شوهرش در شهری نزدیک کوه‌های زنجیره ای زندگی می کند.

درازکش روی زمین خوابیده ام و عده ای بالای سرم مرتباً حرف می زنند. نمی دانم درباره ی چه؟ ولی صدای شان را می شنیدم، زیرا اتفاق پیش آمده آنان را سرگرم کرده بود. حضور چند خبرنگار و عکاس بر هجوم کسانی که تقریباً می خواستند بیشتر بدانند، می افزود. رییس دادگاه همراه عده ای دیگر، خود را به محل حضورم رسانیدند. می دیدم که اهم حادثه هر چند برای خودم اتفاقی ساده و پیشامدی قابل پیش بینی بود، اما برای مردم پیچیده و مهیج است. رییس دادگاه رو به چند خبرنگار سوالاتی را جواب می داد که من حوصله ی گوش دادن به داستانی که خود از نزدیک لمسش کرده بودم را نداشتم و این کار را تکراری می دانستم.

اکنون در سلولم بودم و زمان به آهستگی در حرکت بود. حالتی بین خواب و بیداری داشتم و ناباورانه اینکه از خودم خوشم می آمد. حضور جنسی لطیف در کنارم، مانند رودخانه ای پرخروش در سینه ام می غلطید. بهانه گیر شده بودم و نمی دانستم چه می خواهم، جز آنچه که مرا به سوی غرایزی که در اختیارم نبود پروازی اَزَلی می داد.

خوابم می آمد و از بقیه حواسم در دادگاه چیزی جا نمانده بود. بی اعتناء به حوادث آن روز، مخصوصاً پیش آمدن هر نتیجه ای، حتا دیگر رأی نهایی دادگاه رسیدگی کننده هم برایم جالب و سرگرم کننده ی ذهن منجمدم نبود. لااقل این طرز اندیشه در مورد وکیلم که پیش از حادثه ی امروز مرا ترک کرده بود– تا در دادگاهی دیگر حضور یابد– وارونه و قابل تأمل می نمود. تمام این اتفاقات به نظرم امری غیر ضروری بود. اثر چنین حادثه ای فقط در تکرار زمان از دست رفته خود را نمایان می کرد. یعنی بازگشتی مجدد و با تأخیر در دادگاهی که سراسر انباشته از یک نوع پارچه های زرد رنگ و سفید که رویشان جملاتی راجع به قانون گرایی که معانی ذاتی آن را نمی فهمیدم بود. همیشه همزمان با حضورم در آن دادگاه، نوشته هایی که روی دیوارِ آنجا بود را با چشم می خواندم.

کم کم لب هایم گرم شد و با حس اطمینانی که از رییس کل دادگاه دریافت کرده بود، وجودم مَملو از اعتماد به قضاوتش شد. مسلماً نخواهد گذاشت، حقوق انسانی یکه و تنها، هرچند او انسان گناهکاری باشد لگدمال شود. جانی ها و تبهکاران و بزهکاران را سرجایشان می نشاند. رییس کل دادگاه به پادفره ی اعمال ننگین خلاف کاران، قوانین را تا آنجا که شدت یابد، سخت تر و قاطع تر اجرا خواهد کرد. چماق قانون را بر فرق هنجارشکنان و تابوشکنان قوانینی که ریشه در اعتقاداتش داشت فرود می آورد.

ای کاش رییس کل هم در سلولم حضور داشت... اینجا بود. می توانستم از فکر حسادتم به دادستان در مورد ارتباط برادرانه اش با خودش چشم پوشی کنم و این

مطلب احمقانه را مرتب با خود تکرار نکنم که چرا جای دادستان نمی باشم؟ دادستان بودن هنر نیست. بلکه مهم سعادتی ست که مرا ناخواسته از خود و هر چه پیرامونم بود، رقت انگیز می کرد. زیادی با خودم حرف می زدم و می اندیشیدم که اثرات دارو مرا آرام می کند. تا مدت یک هفته در سلولم از من پذیرایی می شد و دلم می خواست بدون دلیل از وضعیت غذا شکایت کنم. برایم سوپ های خوشمزه می آوردند و روزهای اول درمانم، پزشکی که خود از زندانیان آن مرکز بود، مرا مداوا می کرد. زخمم چندین بخیه خورد و روند بهبودی را بزودی آغاز کردم.

در طول مدت درمان و نقاهت، زندانی ها سراغم را گرفته بودند و آن دوستم که در مورد نگهبانان نظرش را جویا شده بودم، بی دلیل از من عذرخواهی کرده بود. افسرِ نگهبانی هم که هر روز او را در لباس کهنه اش می دیدم، برایم روزنامه های روزهای گذشته را فرستاده بود، تا بتوانم خودم را با جدول های متقاطع آن سرگرم کنم. او نمی دانست که من چندان علاقه مند این کار نمی باشم.

لذت دوران درد کشیدنم مثل برق گذشتند و از این امر در عذاب بودم. روزهای آینده منتظر سلامتی مجددم نبودم، چون بازگشت به تندرستی یعنی تکرار برگزاری جلسات خسته کننده ی دادگاه. یعنی نگرانی از تناقض در اظهارتم. زیرا حرفهایی که در جلسه ی اخیر زده بودم را تماماً از یاد برده ام. غم انگیزتر اینکه ممکن بود فکر کنند، متهم شان دروغ گوی بزرگی ست.

فردا یک ماه از آخرین روز استراحت مطلقم می‌گذرد. عجیب است، زیرا که می‌توانم

باز هم راه بروم و با کمال مَسرتِ تمام کارهایم را همانند سابق تکرار کنم. حتا می توانستم در هر جلسه ای که دادگاه صلاح بداند شرکت هم کنم. دلم می‌خواست این روزها زودتر تمام شود و بدانم با من چه خواهند کرد؟ امروز دوست همیشگی‌ام را در محوطه ی زندان ندیدم، ولی هنگام غذا خوردن سراغش را از دیگران- که تندتند مشغول خوردن بودند- گرفتم. زندانیان همدیگر را با شرم نگاه می کردند. یکی از آنها قیافه ای غمگین به خود گرفت بود و بدون آن که مرا نگاه کند گفت: آن دوستت...- لحظه ای مکثی کرد و مثل اینکه مرا خیلی دوست داشته باشد، بریده بریده ادامه داد- هفته ی گذشته خودش را حلق‌آویز کرد! او همان طور که سوپ داغش را فوت می‌کرد، دوباره گفت: یک نامه هم برای زنش نوشته که مسئولین زندان آن را همراه جسدش، به خانواده اش تحویل داده اند. نگاهش می کردم که با چه مهارتی آن سوپ آتشین را می بلعید، در حالی که من هنوز حتا شروعی به خوردن آن نکرده بودم. شاید این نوع خوردن، حاصل ماجرای مهیجی بود که او همزمان با غذا خوردنش تعریف می‌کرد و اشک می ریخت. دیگر زندانیان از ابتدای حرف زدن آن مرد که فقط مرا مخاطب خود قرار داده بود، هم می‌خوردند و هم سرهای شان را به نشانه تأسف تکان می‌دادند. بعضی ها با ترس نگاه می کردند و انگار که من دوستم را به قتل رسانده باشم، همین که به آنان خیره می شدم، خودشان را از زیر بار نگاهم می دزدیدند. بی اعتناء به شک پیش آمده و در انتهای حرف‌های آن مرد، شروع به خوردن کردم. روزهای اول درست یادم می آید که غذای زندان خیلی بهتر از الان بود. اما از وقتی همان سرآشپز شکم گُنده با آن دست های چرک آلودش، پیمانکار طبخ

غذای زندان شده- که گاهی اوقات می‌دیدم، چطور دستش را در دماغش می‌کرد و سپس به کاسه‌های سوپ خوری ما می مالید- دریغ از وجود یک سیر گوشت دنده یا گردنِ گوساله در غذاهایمان. من نیز دوست داشتم قاشقم را به نشانه اعتراض، خصوصاً شخص میکروبی سرآشپز روی میز بکوبم. این اندیشه‌ها باعث شده بود که متوجه نگاه های خیره ی دیگر زندانیان به خود نباشم، ولی پچ‌پچ‌هایشان مرا مجبور کرد تا از غذا خوردن دست بکشم. به آنها نگاه می‌کردم و حس متفاوتی از بهت و حیرت، تعجب، ترس.. نگرانی، و بیشتر نفرتی ناآگاهانه را در وجودشان می‌خواندم. آنها دارای برداشتی گروهی از بی تفاوتی و سرخوشی با قلبی سنگی در وجودم شده بودند. قضاوتی که از تغییر تمام حواس یک دست شان عاجز بودم. این موضوع را هرگز نمی‌توانستم بازگو کنم. چون هیچ نظری در مورد مرگ دوستم نداشتم. دلیلی نیز به همگرایی و سوگواری با دیگر زندانیان در خود نمی‌یافتم و درک رفتارم در مقابل دیگران قابل توضیح نبود.

غذایم را کاملاً خوردم و از جایم بلند شدم. مثل این بود که چیزی را ازشان می دزدیدم؛ کاملاً مراقب رفتارم بودند. همان کسی که خبر مرگ دوستم را داده بود، به طرفم آمد و درباره ی دوستِ مرده ام کنجکاوی می کرد. شگفت زده بود و دوست داشت که من هم تعجب کرده باشم.

موضوع رفتار خود سرانه ای بود که آنها را عصبانی می کرد. گفتم: می دانم چه اتفاقی افتاده و بهتر است شما هم به آن فکر نکنید. او با لحنی پرخاش گرایانه پرسید؛ چرا

سعی داری، خود را متفاوت از بقیه نشان بدهی... چه چیزی بالاتر از مرگ در این دنیاست، حرف بزن یالا... البته حق با تو است.کسی که جان دو انسان بی گناه را گرفته، دیگر چرا باید نگران مُردن دوست زندانی خود باشد؟ اصلاً بگو آیا تو هیچ اعتقادی به چیزی داری؟

کمی جای زخمم می سوخت و یکی از پاهایم را بالاتر گرفتم و گفتم: خبر مرگ دوستم که هر روز او را در سایه می دیدم مرا نیز متأثر کرده. اما چه می شود کرد؟ یعنی به حالتی متظاهرانه متوسل شوم که خود آن را زمانی نه چندان دور تجربه خواهم کرد. هیچ نظری جز ستایش کارش ندارم و مُردنش امری عادی بوده.

صدای سوتک افسر برخاست و همگی سالن غذاخوری را ترک کردیم و به محوطه باز زندان رفتیم. ولی دوباره همان شخص مرا خیلی راحت پیدا کرد و خواست بقیه بحث مان را در آن جا ادامه دهیم. پذیرفتم و با این که حوصله ام سر می‌رفت دریافتم که از پرسه زدن های یک زندانی زیر آفتاب قطعاً بهتر است. سؤال های عجیبش در مورد مرگ نزدیکانم و پرچانه‌گی‌اش در ارتباط با مسئله مرگ، سردرگُمم کرده بودم. مثلاً می توانست پرسش هایش را از یک روحانی عالم به این طور مسائل می پرسید. انگار حرف هایش همگی جدی می‌آمد. زیرا با دقت منتظر جواب هایم می ماند. در لحظه‌ای مناسب به گوشه ای از سایه ی زیر منبع آبی چپیدم و از دستش خلاص شدم. او هم حرفی نزد و در شلوغی گُم شد. هنوز داشتم به مغز پر از سؤالش فکر می کردم که چگونه مرا اشتباهاً مخاطب خود قرار داده بود. دلم به حالش نمی سوخت، زیرا که به

من ایمان پیدا کرده بود و این امر مرا با خود تنها می‌گذاشت. شاید با ضربه ای که از آن جوانک خورده بودم، دارای نوعی استحاله در امورات معمولی خود شده ام. چه بسا دارای همین عقاید در گذشته بوده ام و همین طور درباره ی تفاوت آشکار لحظه‌هایی از این دست نظری نداشتم.

یک هفته بعد جلسه ی دادگاهی که در انتظارش نبودم فرا رسید. وکیلم روز قبل از آن برایم وقت ملاقات گرفته بود و مرا در سالن انتظار دید. وقتی به طرفم می‌آمد، لایه ای از نور کم حجمی روی سرش در حرکت بود، و نیمه ی صورتش در سایه ی نیمروزی، تاریک و روشن می شد. وکیلم گفت، با خود خیلی فکر کرده تا در صورت احتمال محکومیتم، اشخاص ذی نفوذی را خارج از دادگاه ملاقات کند و این رویه ی معمول در دادرسی‌ها همیشه وجود داشته است. حتا خواست تا خانه ی خود را به قیمت خوبی بفروشم، تا او بتواند با پولش کارهایی برای تخفیف مجازاتم بکند. نمی دانستم منظورش از خانه، همان آلونک اجاره ای بود؟ حتماً درباره ام دچار اشتباه شده بود، مانند آن شخص که مرا عالم فرض می کرد. نمی توانستم توضیح بدهم و بگویم که نداشتن خانه هیچ عیبی نیست؛ اما نداشتن حتا پول اجاره خانه عینِ فقر است.

روزی که وکیلم به دیدنم آمد، روز ملاقات عمومی بود. خانواده ها با زندانیان یکدیگر را آغوش می‌گرفتند. دختر کوچکی پدر زندانی اش را در بغل گرفته بود و گریه می کرد. زندانی به دخترش می گفت که دلش برای او تنگ شده. دخترک روی زمین را نگاه می‌کرد و با نوک کفش‌های پارچه ایش که از الیاف نرمی درست شده بود، پوست

سیبی را له می کرد. زنش هم در سمت راست مرد ایستاده بود و از حضور موقت شوهر راضی به نظر می‌رسید. وکیلم به من خیره شده بود و از نگاهش چیزی درک نمی‌کردم، تا اینکه گفت: حتماً خیلی دوست داشتی مثل بقیه زندانیان دارای خانواده‌ای بودی که به دیدارت می‌آمدند و خوشحال می‌شدی. می‌دانم چه احساسی داری و شاید غبطه ی زیادی می خوری. درست است؟ با این که جملاتش را سعی می‌کرد بدون تپق زدن ادا کند، اما وقتی به او گفتم که به تمام حرف هایی که می گویید، فکر نمی کردم! صورتش مثل نوک بعضی از پرندگان میوه‌خوار سرخ شد. وکیلم ضمن اینکه سعی داشت خود را خونسرد نشان دهد گفت: چرا سعی می کنی از واقعیت ها فرار کنی؟ این طور که پیش می روی، بزودی کار دست خودت می دهی. همچنین ادامه داد که او قصد نداشته وکالت شخصی مثل مرا که احساسات انسان دوستانه ای ندارم، قبول کند. گفت که دخالتش در پرونده ام، مجموعاً برای سوابق شغلی اش تأثیر زیادی داشته است. از دهانش بویی محبوس شده و مانده درون ریه‌هایم می‌رفت. نمی‌توانستم موضوع بدی بوی دهانش را به او بگویم. پرسیدم که چرا درباره‌ام چنین فکر می‌کند؟ خنده ای کرد که دلیلش را نفهمیدم. موضوع بحث را عوض کرد و گفت: در مورد آن جوان که تو را مجروح کرده، آیا شکایتی داری یا نه؟ گفتم: نه ندارم. او کاری که در موردش بارها فکر کرده را انجام داده است. حالت وکیلم مثل قورت دادن مقدار زیادی از آب دهنش بود و دوباره گفت که مواظب حرف زدن‌هایم در جلسه ی آینده ی دادگاه باشم و از اعترافات صریحم تکراری در کار نباشد! حضور وکیلم کم کم خسته کننده شده بود. دلم برای یک خواب عمیق بعد از ظهر غَش می رفت. حرف هایش را گوش نمی دادم و

٦٥

می توان تمام توصیه هایش را از حالات تکراری یک وکیل حدس زد. سپس خداحافظی کرد و گفتم: موفق باشی. بسیار راضی بودم که گفتگوی مان پایان یافته، چون می توانستم هر چه زودتر به سلولم برگردم و آرامشم را بازیابم.

برای مدت چند ساعت خوابیدم و بسیار از زمان بازمانده بودم. فردا آخرین روز محاکمه ام بود و برایم فکر کردن در مورد تکرار کارهایی که می بایست می کردم، عذاب آور بود. دهنم مزه ی تلخی داشت. روی زبانم ترک‌های سفیدی مثل خوردن خرمالوی منجمد شده شیار بسته بود. فکم درد می کرد، از بس با خودم حرف زده بودم. موهایم را می‌کشیدم تا سر دردم کمی بهتر شود. به شکل جسد مومیایی روی تختم دراز کشیدم.

خواب دیدیم از گوش هایم کِرم‌های سفید رنگی بیرون می زند. دماغم لانه ی حشرات عجیب شده. نوک تمام انگشتانم سیاه شده و زیر ناخن‌هایم خون مرده گی لایه بسته بود. به یاد روزهای گذشته نه چندان قابل اهمیتم می افتادم و از قرنیه چشم‌هایم، نقاط قرمز رنگ نورانی را جستجو می‌کردم. گاهی اوقات ستاره‌های کم نوری مرا امیدوار به خود می ساخت. پایان همه دیدن‌ها و دردهایم را می دیدم. تازه داشتم متولد می شدم. اندیشه های تابناکم همگی در زیر عالمی از خاک سرد و نمناک مدفون شدند. همه جا تاریک بود و حتا کوچکترین روشنایی اطرافم نبود. هیچ روزنه ای دیده نمی شد. همه جا آرام بود. سکوت... و سکوت محض. حرکت مورچه ها را زیر کمرم حس می‌کردم. می دانستم در جایی متفاوت بسر می بردم، اما انگار یک چیز

مثل خارش نوک دماغم، مرا قلقلک داد. همه ی نشانه ها خبر از هلاکت آن جانی دارد. شاد بودم که با مرگم کار دادگاه را تسهیل خواهم کرد. خبری از جای زخم‌هایم نبود و آرامش خوبی دارم. هنگامی که بیدار شدم عرق سردی روی پیشانی ام خیمه بسته بود و ضربان قلبم پیوسته می غرید. از شکمم صداهای درهمی می شنیدم، و حالم دگرگون بود. نمی خواستم پریشانیم را با اتفاقات احتمالی فردا ربط بدهم.

شبِ همان روز مجبور شدم به دلیل خوابیدن هایی که در طول روز داشته ام، تا خود صبح از این پهلو به پهلویی دیگر مثل مار بخزم و بیدار بمانم. صحنه‌هایِ کم نورِ خوابم در ذهنم مشغول رفت و آمد بودند.

رأس ساعت هشت صبح به همراه همان دو مأمور گُنگ، به دادگاه رفتیم. جمعیت نسبتاً زیادی آمده بودند که در مواجهه ی با آن آدم ها، مملو از سلامتی می شدم. جلسه ساعت نُه آغاز شد. طبق همان روال گذشته، در ابتدا خانم منشی پرونده‌ها را آماده می‌کرد و با حرکات منظمی توجه حاضرینِ در دادگاه را به خود جلب می کرد، و همچنین از تمرکزم می‌کاهید. در ابتدای مراسم، رئیس دادگاه با گام‌های سنگین و آرام، همراه دادستان و دو تن دیگر از قضات، طنین تکیه‌گاهی امن را با ضربات کفش هایشان به نمایش گذاشتند. فکر می کردم که رییس کل چطور می تواند خود را از قید و بند تمام فکرهای خوبی که تا الان در موردش داشته ام رها سازد؟

هیأت قضات سرجایشان قرار گرفته بودند و دادستان دوباره برای چندمین بار مرا قسم داد که جز حقیقت حرفی بر زبان نیاورم. از جایم بلند شدم و هر چیزی را

خواسته بود تکرار کردم و سپس نشستم. هنوز خوابم می آمد و به خود قیافه ی گیجیِ متفکرانه‌ای گرفته بودم. از تشنگی به لیوان پر آبی که روی میز رئیس دادگاه گذاشته بود، بچه گانه نگاه می کردم. اما همین که خواستم آن را طلب کنم، دادستان گفت: آقای... خوب به حرف های من گوش کنید! شما در اظهاراتتان تمامی موارد اتهامی را پذیرفته اید و وکیل مدافع شما دفاع مناسبی در موردتان به عمل نیاورده است. دهانش مثل موریانه ها می‌جنبید و دارای انرژی زیادی برای شروع کارش بود. با صدای بلند از مواد قانونی و مباحثی درباره ی نظم عمومی حرف می زد. گوشه ی لب هایش مایه ای سفید، مثل چسب چوب نقش بسته بود. هنگامی که دهانش باز و بسته می شد، آن مایع به هم می چسبید و کش می آمد، و همین امر مهم تشنه ترم می کرد. دادستان نمی توانست این را بفهمد که هیچ نظری در ارتباط با شغلش ندارم و حتماً چنانچه از خواب دیشبم برایش تعریف می کردم، قطعاً دیوانه ام می خواند. یا از این که دارای منصبی والامقام است، مرا پوزخند خواهد زد. شاید بله، شاید هم خیر. ولی او برایم سهم زیادی در تغییر نوع تفکراتم نداشت.

دادستان دوباره در حالی که گوشه ی آستین روپوش قضاییش را بالا می کشید، سرش را پایین انداخت. با گام هایی بلند رو به رویم قرار گرفت. انگشت اشاره اش را به طرفم نشانه رفته بود. گفت: برای آخرین دفاع به دادگاه توضیح دهید که چه انگیزه ای شما را در ارتکاب این جنایت ترغیب کرد؟ آیا اتهام قتل عمد وارده از سوی دادگاه را قبول دارید؟ - مانند این بود که در این قسمت از حرف هایش مرا می آزمود - و با صدای بلند حرف هایتان را تکرار کنید و برای ما توضیح دهید.

ضربان قلب دادستان از هیجان بالا می رفت و می توانستم چشمان زرد رنگش و بوی عرقی که در زیر بازوان خود پنهان می کرد را حس کنم. او هیچ وقت به من نگاه نمی کرد و این حس شرم در وجودش شعله می کشید. وکیلم نیز در ردیف جلو ساکت نشسته بود و از شور و هیجانش، همانند جلسات قبلی خبری در کار نبود. معنی حرف نزدن هایش را درک می کردم، و حتا اگر هم نزدیک تر نشسته بودم دلیلش را به او می گفتم. در جواب دادستان گفتم: هیچ دفاعی از خود ندارم و قبلاً گفته ام که لازم نیست جلسات دادگاه به خاطر من تکرار شود. هر چه را دادگاه محترم تصمیم بگیرد، من هم می پذیرم. سکوتی از جهت حرف هایم در دادگاه برقرار شد. در وجودم آرامش خود فریبانه ای حس می کردم. می توانستم جمعیتی را کنترل کنم یا این که به حرف بیاورم. دادستان لبخند روی لبانش می لرزید که معنای باطنی آن را نمی فهمیدم. دیگر حالت خواب آلودگی نداشتم و می توانستم حرف هایم را ادامه بدهم، ولی فکر کردم که بهتر است ابتدا از من سوال شود و بعداً جواب بدهم.

دادستان چرخی دور خود زد و دوباره پرسید: شما بار دیگر موارد اتهامی خود را قبول دارید، این درست. اما نکته ای که برای دادگاه هنوز مبهم است، قساوت قلبی شما در ارتکاب جنایتی ست که در تاریخ جنایی کشورمان بی سابقه بوده. شما مجرم پرونده ای هستید، که از یک طرف مجازاتش در قانونی که مردم به آن پایبندند می باشد، و از طرفی دیگر مجازاتی که در احکام الهی ست. درست است که شما رضایت اولیای دم را کسب کرده اید و احراز آن بر دادگاه پوشیده نیست، اما به چه قیمتی حاضرید از قانون فرار کنید؟ آیا فکر نمی کردید که مدعی العموم مانند شاهینی تیزبین، از شما

۶۹

انتقام خواهد گرفت. این موضوع باعث خواهد شد که چنانچه از این دادگاه حتا رأی برائتی بدست بیاورید، به طور یقین برای تکرار جرمتان تجری یابید و انسان های بی گناه دیگری را قربانی افکار پلیدتان کنید.

رؤیاهایم با حرف های ناگهانی دادستان یکباره از هم می گسیخت. حالتم از بی تفاوتی به هر آنچه که در دادگاه اتفاق می افتاد، خبر می داد. بدون تأخیر سؤال دادستان را با تکان دادن سرم به طرف پایین پذیرفتم. سپس دوباره به حرکات موزون زن منشی که اکنون در جایش مستقر شده بود خیره شدم. تنها زشتیِ خاطراتم، مرا در یادی زلال رها می کرد. رئیس دادگاه و همه ی آنها که در سالن دادگاه منتظر جوابی از طرفم بودند را از نزدیکان خود می دانستم، و دلم نمی خواست رنج تحمل شان از شرکت در جلسات متعدد دادگاهی که به افتخارم تشکیل می شد را بی جواب بگذارم. می اندیشیدم دوست داشتن آنچه احمقانه جلوه می کرد، تمام ذهنم را به خود واداشته است. این طور گفتم: هیچ دفاعی ندارم و در حالی مرا محاکه می کنید که خود عقیده ای معمولی به آن جرم دارم. حتا اصراری بر تکرار حرف‌های جلسات قبلی نیز نمی بینم. من قاتل همانها که فکر می کنید هستم. این را هم لطفاً یاداشت کنید: خود عمیقاً از اتفاق پیشامده متأثرم. نمی توانم برای پدران و مادران شان توضیح بدهم که به قتل رساندن عزیزانتان می توانست کار کسان دیگری هم باشد. یعنی باید بدانند ابتدا فکر کرده ام که من همسر خودم و همسر آن مرد را نشانه گرفته ام و سر به نیست شان کرده ام، نه فرزندان دلبند والدینی متعهد را ! آیا به راستی حرف هایم را باور خواهند کرد؟ پس پیام مرا مخصوصاً به همین دلیل به خانواده ی والدین

داغدارشان برسانید. بگویید چاره ای در دستم نبود که کار را تمام نکنم. لازم می دانم ذکر کنم؛ از همین حق برخوردار خواهند بود که مرا با نفرت و بغض عذاب دهند و به سزای عقوبت اعمالم برسانند. زیرا که زندگی ام حتا با کشتن فرزندان شان نشاط انگیز نشد. من فضیلتی را از دست داده ام که قادر به بازگرداندنش نیستم. در اثر مزاجعه با دختران شان باعث نشد تا مفهومی به نام رهایی از تکرار روزهای آفرینش به دست بیاید. یک عمر بر سر کلمه ی آزادی و آزادی انسان اندیشمند، در جدال مکرر با خود و خدا بودیم و هیچگاه به آن نرسیدیم. شاید هم اگر روزی مدینه ی فاضله ای محیا شود، همه دوباره علیه حکومت مطلقه ی آزادی صف آرایی می کردند و بازار نافرمانی مدنی سکه می شد. چه کسی می توانست روح مردگان فرهیخته را به کالبدشان برگرداند یا کهتران را توانمندی دهد؟ چنگیزخان و ایوان مخوف را در زهدان مادرشان سرنگون کند؟ نه اینکه هرروز دهانه ی مقعد مفسدان غب غب دار گشادتر می شد، تا همه ی سعادت دنیا را یکجا ببلعند و از آن طرف روی آدم های بدبخت شرقی دفع کنند. بنگرید، امروز چه برسر من آمده که تنها از سود شریک جنسی خود به ستوه آمده ام؟ نه از درد تنهایی و بی کسی... و نه چیزی دیگر. لااقل او که داعیه ی مقابله با اندیشه هایی که بر فکرم گّسل بسته است را نداشت. شاید نبودنش بدتر از باهم بودن مان به من آزار رساند. شاید هم بعدها بدانم که این فکرهای ولنگار بوده که مرا گناهکار بارآورده است. اما هرچه هست، از امنیتی که یک مرد با گرمای وجودش می بخشد و زن خیانتکارش را پس از بخشش در آغوش می فشرد که بدتر نیست. آیا هست؟

دوباره اقرار می کنم: من هیچ قصدی اهریمنی درباره ی مقتولان نداشته ام. آخر چگونه می شود انسان ها گوشت و پوست همنوع خود را خونی کنند و تا دنیا برقرارست حاضر نباشد یکدیگر را ببینند؟ آیا جاودانگی حیاتی که قولش را کتاب های آسمانی داده اند همین بود؟ چه بر سر فرزندان آقای آدمی که خود درگیر فجایع خانوادگی بود، آمده است؟ همچنان که مردوخ از بین گندم و رمه های فربه، کباب بریان را می پسندد. در جنگ پیرمردی از پستان دخترش شیر می نوشد، تا از هلاکت رهایی یابد. هنوز شرقی های نجیب، هسته های خرما را در زیر حجمه ی سنگ زیرین آسیاب آرد می کنند و از آن نان جبین می پزند، و آدم ها برای درمان زخم هایشان رویش می شاشند. من دو نفر را کشته ام و اکنون روبروی شما بر صندلی خشکی نشسته ام. اقرار می کنم بدون اینکه بدانم مقتولین در آن لحظه ی شوم کنار من چه می کردند؟ شاید تنها اشتباه شان این بود که درباره ام دچار سوتفاهم شده اند. می توانم برای شما شرح دهم که واقعاً قادر نبودم، در عوض کمک خواهی همسران شان، که در خواب های شبانه رویای رهایی می دیدند، برنخیزم. از شما استدعا دارم تا نام آن مقتولان را در دفتر اموات امسال ثبت و جاودان کنید. اما هزار افسوس که فرصتی نمی یابند تا بهشان بفهمانم، این کشتار که بر شما روا داشته ام، خود روندی ست در ادامه ی زیستن های اشتراکیِ ما. هردو به فاصله ی کمی از هم رستاخیز شدند و مرا با دنیایی از اضطراب و شقاوت به تجرید کشاندند. شما مفتی یان اعظم و محترم بهتر می دانید که مرده ها زبان آدمی حالی شان نیست؛ والا درمی یافتند که مرگ زود هنگام شان کسی را عمیقاً متأثر نساخته است. گویی بازماندگان عزیزشان با سر و گردنی

افراشته، تنها خاک سرد را عامل فراموشی می دانند. مردمی که در هر دم و بازدم شان، دنیا را قورت می دهند و به صورت آدم تف می اندازند. آقایانی که نان جاشوهای خانه نشین و ندافان دربدر را آجر می کنند، از آن طرف دست بر دعا بر می دارند و استغفار می کنند. در هر شهر زنی اختیار می کنند و اگر در مسندی قدرت یابند، باج می گیرند و سر می بُرند. به راستی دیگر چه جای ماندن میان همشهریانم است؟ زیرا که تاکنون پیام من جز خزعبلاتی بیش نبوده و نیست. همه را می پذیرم... و دیگر حرفی ندارم. چه از دستم بر می آمد که نکردم؟ ضربه ی چکش رییس دادگاه بر سندان عدالت فرود بیاید یا نیاید، من همان زایده ی بیهوده ای که بودم خواهم ماند. راه مرگم از آغاز تولد، به مثابه ی قطاری یک طرفه بی امان در حرکت بود.

از خودم راضی بودم، و فکر می کردم که دیگران هم باشند. وکیلم به طرفم آمد و با حرفی که دور از ادب بود، سرزنشم کرد. اما می اندیشم که حرفم را بدون اشتباه و بسیار معمولی گفته ام.

ادامه صداهایی که کم کم بالا می گرفت و از وکیلم هم بیرون می زد را نمی شنیدم. در چهره های شان، خشمی عجیب به طرفم نشانه می رفت. دهان رئیس دادگاه خیلی آهسته تر تکان می خورد و جملاتی را می گفت و گاهی با یک دست مرا نشان می داد و گاهی به آسمان بالای سرش اشاره می کرد. می توانم بگویم، بحث راجع به پرونده ام بسیار جدی بود. تا این حد که پذیرفته بودم، همه چیز حُول من می چرخد. قضات بسرعت وارد شور شدند و همگی مدتی منتظر حکم نهایی دادگاه ماندیم و مردمی که

زمان را تحمل می کردند، می بایست بدانند که شاید تقصیری نداشته ام.

تشنه ام بود و با تلنگر زیرکانه ای به نگهبانی کوتاه قد، خوشبختانه لیوان آبی نصیبم شد. راضی بودم و درباره اینکه خواسته ای کوچک داشته ام، هیچ نظری ندارم، ولی باز هم خرسند بودم. به سقف و دیگر جاها نگاه می کردم. داخل دهنم تاول های سفید رنگی زده و نوک زبانم را که در دل زخم می پیچانم، درد تا مغز استخوانم سیخ می کشد. نمی دانم چرا انتظار می کشیدیم و معتقدم تمام دلایل ترقی نکردن یک کشور می تواند همین کاغذ بازی های اضافی باشد.

صدای چکش رئیس دادگاه مرا به خود آورد و جمعیت مغشوش را ساکت کرد. در نتیجه راست تر نشستم و حواسم را جمع کردم. تلاش در مؤدبانه بودنم همه را بی جهت به شک می انداخت و از همه جدییتی که هدر می دادم، خودم هم خنده ام می گرفت. رأی دادگاه با حرارت گفتاری زیادی از زبان یکی از قضات عالی مقام که سمت چپ رییس نشسته بود، خوانده شد. شما آقای... بر طبق قوانین موضوعه کشور و در راستای اهداف والای قضایی و همچنین به جرم قتل دو انسان بی گناه به نام های مذکور در پرونده، و همچنین برابری جرم شما با مواد قانون کیفری. بدینوسیله با رأی قطعی مجمع قضات پرونده و نظر هیئت محترم منصفه مبنی بر ارتکاب قتل عمد، محکوم می گردید به قصاص نفس، یعنی اعدام با طناب دار. این حکم قطعی ست و به زودی در ظرف مدت محدودی اجرا می گردد. لازم به ذکر است که رأی از جنبه ی عمومی جرمتان در نظر گرفته شده و قانون حکم می کند که عدالت باید اجرا شود.

درست است شاکیان خصوصی شما به نفع تان اعلام رضایت رسمی نموده اند، اما بیم تجری تان به ارتکاب جنایتی دیگر است که ما را بر آن داشت، به عنوان محافظان قانون و نظم، جامعه را از خطر تبهکاران و جانی های خطرناک مصون نگه داریم. بدین اوصاف شما را با بالاترین مجازات مقرر در قانون محکوم می نماییم. آیا حرفی دارید؟

گفتم: ندارم و می پذیرم و دیگر چیزی نگفتم. رئیس دادگاه ختم جلسه را اعلام کرد و همه در هم لولیدند و بیرون رفتند. عده ای برایم کف می زدند و می گفتند که حقم بدتر از این بوده و سزای اعمال زشتم همین است. وکیلم بار دیگر نزدیکم شد و با لبخند منزجر کننده ای گفت: نهایت سعی خودم را برای این که تخفیفی بگیرم کرده ام، ولی با وجود نظر مساعد دیگر قضات جهت محکومیتت به حبس ابد، اما با مخالفت رئیس کلِ دادگاه این امر به حکم اعدام تغییر یافته. وکیلم مرا نگاه می کرد و می دیدم که او منتظر هر واکنشی از طرفم می باشد. آن روز موهایش را از وسط فرق انداخته بود و اگر کمی نزدیکترش بودم، می توانستم بوی روغن برنجی که آن روز روی موهای سرش مالیده بود را قورت دهم. خیره شدنش، خسته ام می کرد و می خواستم دلیل نگاه های طولانیش را بدانم. دوست نداشتم به جنسی مثل خودم، بی جهت نگاهی ثابت داشته باشم. نمی دانم از جانم چه می خواست؟ ولی هیچ پولی بابت وکالتش نداشتم و این را در جلسات قبل دادگاه گفته بودم! دلم می خواهد دوستش داشته باشم.

وکیلم زیر لب در نتیجه بی تفاوتی ام، برخودش لعنت فرستاد که چگونه حاضر شده

وکالت مرا قبول کند. با صدای رساتری گفتم: نظر من هم همین بوده است. وکیل سر در گُم شده بود و درکی واضح از رفتارم نمی یافت.

مرا به زندان منتقل کردند. ولی این به جای دو مأمور، چهار مأمور که باز هم هیچ حرفی نمی زدند مرا بدرقه کردند. خوابم می آمد و به خودم قول داده بودم که اولین کارم، پس از دادگاهِ آن روز همین باشد. تصور می‌کردم که چند روز وقت خواهند داد، ولی تنها پس از یک خوابیدن یک ساعته مرا بیدار کردند و گفتند، می خواهند مرا جای دیگری ببرند. حالتم شبیه رفتن به اردوهای دبستانی بود و با این فکر وسایلم را جمع کردم. همراه با آنها از راهرویی تنگ به سالنی گشاد با اتاق‌های کوچک هدایت شدم. در راه که می رفتیم یکی از مأمورین سرش را کمی جلو آورد و درگوشم گفت، اگر می خواهی می‌توانم برایت سیگار و یا حتا اگر زبانت را بسته نگهداری سیانور قوی هم دارم. برایت فقط صد چوب آب می‌خورد. دنبالم می‌خزید و از پشت سرم می آمد. پیشنهادش را رد کردم و بدون این که حرف دیگری بزند، مرا داخل اتاقکی سیمانی با پنجره های باریک فلزی حبس کردند. در اتاق غیر از تختی فلزی که بدون پایه بود و فقط یک طرفش را به دیوار با زنجیر متصل کرده بودند، چیز دیگری نبود. گرسنه ام بود و پس از مدتی کوتاه نگهبان برایم غذا آورد و آن را از زیر در به طرفم هل داد. در حالی که با اشتها و سریع می خوردم، نگهبان از سوراخ همان دریچه هم چنان که سر و گوشش را روی زمین چسبانیده بود، مرا نگاه می‌کرد و با شیطنت لبخند می زد. بی توجه به او می‌خوردم و فکر کردم که از نگاه کردن سیر نمی شود. همزمان با دقتش، کاسه ی سوپ را که حتا از غذای آن سرآشپز سالن غذا خوری هم بدمزه تر بود، به

طرف دریچه ای که پشتش لمیده بود کوباندم. اما بدون این که به او اصابت کند خودش را کنار کشید و مابقی غذا از روی در می چکید. از جایش بلند شد و با صدای بلند می خندید و در ادامه با لهجه ای شبیه کولی های جنوب رودخانه، مرا گوساله صدا زد. گفت: بزودی شاهد رقص زیبایم بر دار مجازات خواهد ماند. پاهایم را در هوا می بیند که می جنبند و چشم هایم که از حدقه بیرون زده است. مدت زمانی کوتاه، هر چه گذشته بود، در ذهنم رقصیدند. برگشتم عقب، روی آن تخت زنجیری دراز کشیدم و در حالتی مانند جسدی تازه آرام گرفتم. از لحظات لذت می بردم. کِرم ها لحظه ای مرا تنها رها نمی کردند. به سوی تکراری اَبدی متحول می شدم و این بود که مرا در خود می کشت... همه چیز تمام شد، و بی‌گمان و نامحسوس مرا به دنیایی فناپذیر انتقال می دادند. همان تسلسل همیشگی، یعنی مسأله ای که آزارم می داد. شاید به عنوان زخم خورده ای درمانده از خود می پرسم، چرا زندگی راحت خود را فنا کرده ام؟ در حالی که هنوز به خانه ام فکر می کنم. به آن درخت نارنج در باغچه، که باد عصرگاهی شاخه هایش را به تکاپو وامی داشت. به گربه سیاهی که از روی دیوار بدبختی را به یک زن هدیه می داد. به اشک هایی که آن زن پشت کولر آبی می ریخت. به تیک های عصبی زن، وقتی دریافت شب ها از صدای جن ها در زیرزمین خانه خواب به چشم هایش راهی ندارد. اما چه فایده؟ چه کسی مرگ یک زن را باور دارد؟

پایان

سرگیجه

رضاکرمی

روزی شاید از این روزها در اوایل بهار، وقتی برف ها از روی آنتن هفتاد و چهار شاخه ی تلوزیون خانه ی همسایه ها آب شود، خواهد مرد. وقتی کلاغ ها روی سقف شیروانی ویلاهای خالی و کاپوت اتومبیل های لوکس قی کنند، خواهد مرد. وقتی دولت ها تازه یاد بگیرند که به افراد رنجیده در عشق خسارت ماندن های اجباری بپردازند، خواهد مرد. وقتی پدرش پس از سال ها فرار شرم آگین کار تولید و عمل آوری هم خون خود، بار دیگر باز گردد و او را در آغوشش بفشارد، خواهد مرد. روزی شاید مثل این روزها و بی گمان در عصری که نیمروز از آن یاد می کرد، حس تکرار به اشتباه آمدن روی صحنه ی پرمشقت زندگی را در او می کشت. نگرانی اش نه برای ادامه ی پر حرارت حیات موقتش بود و نه چندان شورانگیز یا معنادار دل در گرُوِ عشقی پنهان بسته بود. بلکه می دانست آدم ها حتی اگر پدرش هم باشند، او را از روزمرگی اش نجات نخواهند داد. تا چه رسد به عشقی که معلوم نیست مزه ی کافور می دهد یا بادام تلخ؛ مثل شربت به لیمو شیرین و گواراست یا مثل زهر هلاهل تلخ و جانکاه. برای یکی مثل نیمروز دوران پر از رازها و رمزها، نجواهای گوش نواز، لب های انگبین، شاعران مست، باران های تَگرگی، صحراهای ملکوت، خواب های آبدار و رنگین، خیال هایی باطل بیش نبوده است. خاطرات لحظاتی خوش در زیر زمین خانه های متروک. هیجان برهم خوردگی دندان عروسک ها در سرمای غم انگیز دیماه. بوی خوش روغن نارگیل میان فرق سر فرشته های مغرور. طراوت گل های شب بو میان انگشتانی سفید و مرمری. همه هنگامی که نیمروز استخوان ترکانده بود و تعبیر از

جنس مخالف برایش عمیقاً حس شکارگری را داشت معنا می یافت. روزگاری که نیمروز با دستانی صابون زده از مستراح تا پشت بام می دوید و تن زخم خورده اش که همیشه بوی معطر صابون لوکس سفید می داد را سرانجام با بتادین و روغن کنجدِ داغ مرهم می گذاشت. یا حتی آن سه شنبه ها؛ رأس ساعت نه صبح، وقتی کاملیا یگانه معبودش با چشمانی درخشان و اندوهناک، با یکی از مینی بوس های دولوکس بنز زوار در رفته ی سیصد و دو گاراژ پهلوان، هفتاد کیلومتر ناقابل می کوبید تا به یگانه اسبش، اسب اَبلقِ تک شاخش برسد. در آن سرمای غم انگیز و رستاخیز و بوی میگوهای صورتی در زنبیل حصیری زنان دهاتی، گونه های کاملیا مثل خونش سرخ و متورم می شد. دستان کوچکش را تا مچ بین دو ران داغ و استخوانی اش گرم می کرد. مانتوی چرم خردلی یک دست چروک و چکمه ی مشکی رنگی که ساق پاهای قلمی اش را درهم می فشرد، به هیکل شاخه نباتش اشرافیتی متجاوزانه می بخشید. سرسختانه دستش را برای اولین تاکسی های نارنجی رنگ دراز می کرد و آنها را در دو مسیر سنگلاخی به بردگی می گرفت تا به نیمروزش برسد.

حالا سالیان درازی از رنج بیاد آوری مهربانی های کاملیا و آن زمستان پر از عشق و سفیدی و سرخی گذشته بود. خاطرات کسل آوری که نمی شود پیش هر کسی نه بیان شان کرد، نه از آن دفاع کرد. و شاید امکان پذیر بود که نیمروز را مقابل آنهایی که هرروز مانند خوک های آبستن کره ای را پس می انداختند و از اشتباه مردی خام و بی تجربه درس می گرفتند، محکوم دانست.

سه شنبه روزی نیمروز روی تُشک ملیله دوزی نرمش غلطی خورد. دست هایش را بـه بالا مشت کرد و مانند یک گربه ایرانی چشم فیروزه ای بدنش را کِش و قوس داد. پس از این حالت چشمش سیاهی رفت. با نوک زبانش جای برآمدگی هایی که در اثر خواب زیاد در سقف دهانش چاک چاک شده بود را بررسی کرد. یـادش بـه روزی آمـد کـه مادرش همه جا نشست و با ترحم از یکی یکدانه اش تعریـف کـرد. امـا افسـوس کـه پسرش آن گوهر دُردانه ای که دیگران غبطه اش را می خوردند نبود. اصلاً موضـوع از این قرار بود که همه ی کسانش به واقعیتـی تلـخ و عکـس ذات بـالفطره اش ایمـان داشتند. نیمروز در زندگی احساس خوشبختی می کرد. گاهی شقیقه هایش از عشـق به امنیتی نسبی و احساس شرافتی آنی و بس مفت گران می ترکید. تـا مـدت هـا بـا تشویق اطرافیانش انرژی زیادی را برای انجام کارهای روزمره ی خانواده هدر مـی داد. مثلاً بی جهت تعمیر وسایلی مثل رادیوی دو موجی که پدر بزرگش بـرای خـانواده بـه ارث رسانده بود و همین طور تعمیر سشوار سـوخته ای کـه مـادرش بـا آن عملیـات خشک کردن پتویی که مادر بزرگش رویش ادرار کرده بود را آغاز می کرد. دقـتش در کار مثال زدنی بود، ولی بعد از اندک زمانی تلاش بیهوده، به دلایل نامعلومی از ادامه ی کار وامانده می شد. سپس وسیله ی معیوب را گوشه ای رها می کرد و یا عاقبت سر از انباری کوچک پشت خانه درمی آورد. عموماً نسبت به فلسفه ی اختراع شان از ابتدای کارزار تکنولوژی بی اعتماد می شد و کیفیت بد اجناس و قطعات در چرخه ی تولید را بهانه می کرد. عادت نداشت اعتراف به عملی خارج از استعدادش کند و تازه نزد همـه علی الخصوص مادرش حق را به خودش می داد. همیشه زرد رویی و کسالتی عمیق از

حق ناشناسی دیگران در ظاهرش هویدا بود. احساس انسانی بی مصرف را داشت. عدم اعتماد به اجناسی که گاهی قبل از باز کردن پیچ های بی شمارش و تنها با یک ضربه ی دست درست بکار می افتادند. حتی همین معجزه ساده هم امید به بازسازی دوباره زندگی اش را در او دوچندان می کرد و ابراز جذبه ی مرد متعهد خانواده بودن را در او می آفرید. موضوع یأس های فلسفی اش فقط بر سر انجام کارهای خانه نبود، زیرا وقتی عزمش را یکپارچه جزم کرد و خواست از مردی که مادر جوانش را در بازار روز شهرداری، بیوه ی ترشیده نامیده بود انتقام بگیرد، فقط توانست بُزدلانه پشت ستون جلویی بانکی که عایدی اش را از آنجا می گرفت- و او را از مرد هوس باز جدا و پنهان می کرد- سکوت آزار دهنده اش را بی دلیل تحمل کند و دندان هایش را به هم بساید. در ذهنش مانند اخته گانِ خیال پرداز، مردک هوس باز پیر را قطعه قطعه کند. یا او را به مقامات صالحه ی قضایی که امیدی به عدالت شان نداشت معرفی کند، تا او را تعقیب و سپس بی آبرو کنند. یا در تلافی، او هم به دختر سبیل دار مردک- که تاج ابروهایش مانند ریشه های درخت انبه پیچ در پیچ بود- دست درازی کند. یا مثل یک آدم غیرتی در مقام دفاع از ناموس و شرفش، مانند یک شیر زخم خورده نعره سر دهد و کشتار براه اندازد. یا با دو دندان نیش صدفی اش، گوشت مُرده ی دشمنش را پاره کند و خون مردک ناکس از لب و لوچه اش چکه چکه در خاک گورش بریزد. یا پیکر مردک خائن را بر سر تیر برق چوبی محله اش حلق آویز کند. دست کم زمانی را غنیمت ببیند و شبانه خرخره اش را در خانه ی تاریک و عنکبوتی اش بجود. با این همه وقتی مرد متلک زن را خوب پایید و نزدیکش شد، بیهوده شک سوژه را

برانگیخت. یعنی نیمروز بدون هیچ حرفی یا عملی اعتراضی، سر راه مرد ایستاد، بـه چشم هایش میخ شد، و در حالی که زمین و زمان را به کمک می طلبید، نـاخن هـای صورتی اش را بر سطح زبر سیمانی دیوار خراشـید و از چشـمانش خـون فـوّاره زد!... همین و دیگر هیچ.

ذهنش انبار نخاله های آرزوهای کوچک و کارهای ناممکن بزرگـی شـده بـود. آتـش خشمش به مثابه ی نافرمانی عطشناکِ کافران در برابر خونسـردی پیـامبری قـاطع و هدف دار زبانه می کشید. کم کم به دلایلی قابل لمس، غرور و تعصبش دسـت خـوش تکرار شد. نسبت به پایان رنجی که ظالمانه بر او چیره شده بود ناامید شد. از انگشتان ظریف و مُچ های باریک و دخترانه اش متنفر شد. رویای داشتن بازوانی متصل به آرنج هایی نوک تیز و عضلانی همچون آهنگری پیر، تنها مجادله ی ذهنی نیمروز بشمار می رفت.

روزهای آینده که تعریف و تمجید های آشکار مادرش مسخره به نظر رسید، با صراحت از او خواست که دیگر روی نیمروز هیچ حسابی باز نکنند. او را به حال خود واگذارنـد. هی نگویند خانه با وجود نیمروز گرما دارد. تابنده است و نورانی ست! یا همیشه سایه ی یک مرد، هرچند مرد کوچکی باشد، در خانه لازم است. دسـت کـم زمـانی کـه بـا خودش تنها بود می دانست درونش چه غوغایی ست! از خودش بدش می آمد. نگهبان ناتوان و فرتوتی شده بود، با گنجه ای پر از اشرفی. خواجه ای بی آزار بود بـرای مـاده گانی ترشیده و افسرده. حمالی نازپرورده و افلیجی بی دست و پا که فقط مادر بیچاره

اش مبلغ هوشمندی هایش بود. حس ناپخته ای که او را از همنوعانش جدا می کـرد و مثل جزام قلب و مغزش را می تراشید.

هر روز به خاطر شب زنده داری و خوشگذرانی های موقتش، فرصت هایی که در آینده دل به آن بسته بود را بی خود و بی جهت از دست می داد. یک کلام خـتم کـلام؛ او از انجام کارهای واجبش خواب می ماند! هیچ کدام از تلفن های به اصطلاح ضروری خود را جواب نمی داد. بدن او تقریباً از حالت تن پروری پُف کرده بود.

نور آفتاب مستقیماً از بالای رُخ دیوارِ تِگَری زرد رنگ حیاط، قاب پنجره ی آلومینیومی را به طور چهارخانه مشبک کرده بود و به داخل اتاقش می تابید و در این سالیان رنگ مبل ها و مجسمه های مورد علاقه اش را بر خلاف میلش تغییر داده بود. گلدانی پـر از خار و ساقه ی نیلوفری خشکیده روی باند استریوی چوبی کهنه ای خاک مـی خـورد. تخت خواب فلزی پهنی که روزگاری از دایی اش به او رسیده بود را با دو عـدد پتـوی پشمی نچندان تمیزی می پوشاند. کمدی چوبی با سه طبقه کشـوی زوار دررفتـه بـه جای این که محفظه ی گرمی برای لباس هایش باشد، در عوض مملو از وسایلی بـدرد نخور شده بود. بالای کمد چند دسته ی گل خشک شده روی هم تَل انبار بود. تعدادی مگس های مرده با سرهای قطع شده به کارت پستال های تبریک تولد و عید چسبیده بودند. آن هدایا مربوط به سال های گذشته بود. انگار گل ها از زمان شـکوفایی شـان پلاسیده بودند. دسته گل ها آلرژی فصلی نیمروز را با پراکندن خَزهای ریز خود در هوا دو برابر می کرد و چنان عطسه ای براه می انداخت که در هـر دم و بـازدمش دنیـا را

قورت می داد و دوباره تُف اش می کرد. دیوارها از عکس های چند بـازیگر سـینما و تعدادی رقاصه های کاتالون اسپانیایی و اشعاری دست نویس و پایین تر از همه، عکس نویسنده ای نامی با چهره ای خوشحال و دندان های نیمه شکسته پوشیده شده بـود. مجموعاً خانه ی حال بهم زنی داشت. او دیگر حوصله این را پیدا نمی کرد که دستی به سر و وضع ظاهری اش بکشد، تا حداقل بوی گَند لباس های نشُسته اش دماغ مهمـان های عزیزش که از رفقای قدیمی اش بودند را نیازارد. گرد و خاکی نازک روی اسبـاب اثاثیه اش، همه جا را به بومی نقاشی بزرگی تبدیل کرده بود.

تا آن زمان که از جایش قیام کرد و ایستاد، نور آفتابِ ظهرگاهی تا روی دسته برنجـی کاناپه بالا خزیده بود و به چشمش برمی گشت. موهایش چرب و کنار لبش دوباره تـب خال تازه ای جا خوش کرده بود. اطراف زخم دهنش زرد رنـگ و داخلـش عسلـی و برجسته بود. کنار پنجره ای که رو به خیابان باز می شد قرار گرفت. قیتان شلوار گشاد کنفی اش را سفت تر کرد. رفت و آمد مردم در خیابـان را مـی دیـد. قـدم زدن کُنـد پیرمردی گوژپشت با عصای مرمرینش، دویدن بچه ها به دنبال هم، انتظـار بیهـوده ی زنی زشت رو و یائسه برای رسیدن تاکسی و بالاخره شنیدن صدای آواز چنـد سـرباز خسته از یک مرخصی ساعتی.

نیمروز حالا دیگر بزرگ سالی خود را در حرکات پرشتاب روزانه اطرافیانش می یافت. از نوع برخورد متفاوت آنها قیافه ی آدم بزرگ ها را به خود مـی گرفـت و رفتـاری در خور شخصیت فرد مقابلش پیدا می کرد. از آدم ها به خاطر خوب بودن شان تشکر می

کرد و همواره لذت می برد. نیمروز گاهی اوقات فراموش می کرد که همان آدم هـا چندان توجهی به اینکه او چه فکر می کند ندارند و بی شائبه سـرگرم بـدبختی هـای خود هستند. شاید نیمروز نمی خواست که به این موضوعات فکر کند، چون ایـن کـار هرروزه ی او بود.

پس از چند لحظه ایستادن، میخچه ای که زیر انگشت شصت پـای راسـتش داشـت، امانش را برید. برگشت و روی تخت فلزی زمختش آرام گرفت. همان کجاوه ای کـه از دایی اش برای نیمروز به ارث رسیده بود. دایی مریض بـود و پزشـکان بیمـاری اش را واگیردار حدس زدند... ولی آن نبود. بیچاره برای آخرین بار با لبخند روی همان تخت، دُمل چرکین زیر بیضه اش ترکید و مرد. خون های ماسیده سراسر حیاط سیمانی خانه اش را پوشانده بود. صبح گرم و شرجی سه شـنبه اول مردادمـاه وقتـی لاشـه اش را یافتند، لب هایش سفید و بدنش یخ کرده بود. تخـم چشـمش ماننـد زرده ی چشـم گوسفند مرده ای باباغوری گرفته بود.

بر طبق عادت به طرف یخچال رفت تا چیزی بخورد. می دانست در آن جز یک پاکت شیر تاریخ گذشته ی بدبو نیست، اما با این حال درِ یخچال را تا انتها بـاز کـرد کـه بـه دیوار خورد. کشوهای زنگ زده و زوار دررفته اش بیشتر شبیهه سردخانه ی قبرستانی بود که فقط مرده ای را کم داشت. کمی شیر در لیوان سرازیر کرد. پشت میـز تحریـر کوچکی که فضای بین کاناپه و دستگاه گرامافونش را پر کرده بود قرار گرفت. موزیکی بدون کلام از اشتراوس پخش شد. لیوان شیر را بی معطلی سر کشید و ته مانده اش را

روی میز خالی کرد. از این کار دایره ای آبکی و لغزان که همواره مـی جنبیـد ترسـیم شد. با انگشت شروع به بازی کردن با آن شد. شکل های مختلفی را روی سطح کثیف میز کشید. نیمروز با خود اندیشید که در زندگی بهتر می توانسـته از فرصـت هـایش استفاده کند. چه موقعیت هایی را که بی جهت از دست نداده. شاید می توانسته مثل پسر دوست مادرش، پس از اتمام دانشگاه شغلی مناسب و در خور شأنش پیـدا کنـد. همین طور همسری که در کار آشپزخانه بسیار ماهر باشد و هر روز ساختن یک کیـک جدید را تجربه کند، ضمناً پول جمع کن هم باشد. یا مثل دوست مایـه دارش در کـار تجارت پولدار شود. تا نیمروز هم به نان و نوایی برسد و بشود فخر خاندان مادری اش. بشود خار در چشم پدر نامردش. بشود سُمبل و شاخ شمشاد در میان پسـران فامیـل. اصلاً بشود غبطه ی مادر آرزومندش؛ تا او هم به شوهر بی وفایش بفهمانـد کـه بـزرگ کردن فرزندی همچون نیمروز، قبل از آنکه تمکن مالی بخواهد، زنـی را لازم دارد کـه هم وجه مادر بودن و هم پدر بودن و هم مواظب گرگ های هوس باز بودن را یکجا دارا باشد. نیمروز به صرافت افتاد خاطراتی را تداعی نکند که آزارش می دهند و از پیله ای که به قول همان دوست پولدارش در زندگی به دور خود تنیـده، هـیچ گـاه خـارجش نکند.

روز دیگر پس از مدت ها که خودش را حبس خانگی کرده بود، تصمیم گرفت از دخمه اش بیرون برود. لباس های خود را که عبارت بودن از یک شلوار جین و کاپشنی بلند و آبی رنگ که یقه های آهاری کلفت و نرمـی داشـت را پوشـید. شـال کـاموایی پهن خاکستری دست بافی را دور گردنش انداخت و بلافاصله روبروی آینه ی قدی کمد قرار

۸۸

گرفت تا کمی سرو وضع خود را منظم کند. او معمولاً عادت داشت که انگشتانش را بـه شکل شانه ای چارشاخه درآورد و موهای خرمایی رنگ خود را به یک طـرف متمایـل کند. سپس متوجه کُرک های درهم بافته ای از موهای سفید در اطراف گوشـش شـد. چشم های درشت عسلی رنگش هنوز جذابیت خود را حفظ کرده بود. شاید همیشه از داشتن آنها به خود می بالید. زیرا که تمام ارتباطاتش چه عاشـقانه بـا کامیلیـا، چـه صادقانه با دوستانش را با تنگ و گشاد کردن مردمک چشمش می آفرید. سـه شـنبه روز وقتی خود را ارزیابی می کرد، دریافت که در آن ساعت شش عصر و بـین همـه ی آدم ها، چندین هزار بار تنهاست. در حقیقت نشان تنهایی عـادتی فراسـوی اراده اش بود که او را مجبور به انزوایی طولانی و همیشگی می کرد. نقشی نشاط انگیز از چهـره ی مردی مضطرب در آیینه ای شکسته نقش بسته بود... پدر همه ی غصه هـا... مـادر همه ی هیجانات عذاب آور. در آن سه شنبه ی تکراری، لبخندی نقش برجسـته روی صورتش، مانند روزهای دیگر در بعدازظهری باز هم مشابه نحس جلوه می کرد. پایـان روزی غمناک و در آستانه ی درگاه خانه ای که بی گمان میان مردمان آفتاب سـوخته ی شهر روانش می ساخت؛ واژه ی خوشبختی در میان جماعت اش به صفر نزول کرده بود. نیمروز سیمای مردی ترک خـورده و بلاتکلیـف را در آیینـه دیـد و بـه راسـتی درنیافت که با آرزوهای از هم گسیخته اش، بین همه ی اضطراب و نگرانی هایش چـه باید می کرد؟

نیمروز در یک سوئیت اجاره ای نسبتاً بزرگ در پایین شهری شلوغ، با شرم و حیـایی پاک زندگی می کرد. با همه ی پولی که در زندگی خود در آورده و خرج کرده بود، امـا

۸۹

اکنون ارزان قیمت بودن آلونکی اجاره ای برایش مهم تر از هر چیز بود. تمام درآمدی که او ماهیانه داشت، حاصل سود بلند مدت مقداری پول در یک بانک محلی بود. از جایی که زندگی می کرد تا آن بانک عامل تنها صد قدم هم نبود. به راحتی و بدون هیچ گونه زحمتی مبلغ عایدی اش را دریافت می کرد. مقداری برای هزینه ی آب، برق، تلفن و بیشتر قسم اعظم آن بابت اجاره ی خانه ی محقرش خرج می شد. باقیمانده ی اندکش را هم برای خرید غذا و اگر هم اضافه ای می آورد، برای خرج های ضروری دیگر کنار می گذاشت. با اینکه می توانست حداقل استقلال مادی خود را حفظ کند، ولی همواره احساس نشاط مأیوس کننده ای داشت. نیمروز آنجا در گوشه ای از شهر روزگار می گذرانید. شهری با مردمانی که خاک مرده بر چهره شان نقاب می کشید. آن شهر پر از قصه های فراموش شده ای بود که شب ها بر فراز آسمانش غازهای گردن دراز زخمی از تیر شکارچیان رد می شدند. قامت آن شهر زیر بار سردی و بی تفاوتی همسایگان شهری و زیر تیغ کُندِ کاردهای قصابانی که گردن گاوهای ستبر را در روزی معین می بُرند و شکم هزاران بچه گوسفند سفید را در مراسمی قدسی شقه می کردند؛ خُرد شده بود. آن شهر شهر نیمروز نبود.

گاهی اوقات یادآوری خاطرات گذشته تمام حس ادامه دادن به زندگی را ازش می گرفت. اولین عشق خود را یاد می کرد و این که چطور از یکدیگر جدا شدند. یا مثلاً چطور با همه عشق و علاقه شدیدی که کامیلیا به او داشت، ولی یک روز در نهایت نامردی او را ترک می کند و با مرد دیگری پیمان می بندد. مرد رقیبی که سفیدی رخساره اش به شمالی ها می رفت و شغل زن باره اش دستیاری پیردختری دندان

پزشک بود.

نیمروز همیشه عقیده داشته می توانسته با عشقش زیر یک سقف زندگی کند. برای مدتی طولانی کف دستانش که هنوز از چربی زیر گردن معشوقه اش بوی جانداری طبیعی می داد را عمیقاً بو می کشید و گیج می شد. آن هنگام که با ترس و عجله در پشت شمشادهای سبز منازل سازمانی کارمندان و در محاصره ی دیوارهای تَگری زرد رنگ و آن سیاهی تحریک کننده ی شب، موضوع تنهایی اش را با فرشته اش در میان گذاشته بود. دور از چشم بدخواهانش میان دوبال سفید فرشته اش به آرامی خسبیده بود. دست های کاملیا مانند آتشکده های فارس در کشتزارهای نیمروز آتش برپا می کرد. فرشته ی مهربان با ناخن های لبه تیز و سیقل خورده اش وحشیانه پیکر زخمی ابلیس عاشق را خراش می داد. در آن شب ظلمانی سایه ی جنگلی از آتش روی دیوارهای بلند خانه ی همسایگان در رقص و سماع بود.

نیمروز حتی مدتی را میان هوا و زمین زندگی کرد و روزی را که کاملیا فقط به او گفت بود که دوستش دارد، از شدت تازگی حادثه به شدت تب می کند و تا یک هفته ی تمام شیربرنج های آبکی مادر بزرگش را داغ داغ قورت می دهد. این واقعیت که نیمروز باید گذشته ی پر التهابش را مانند دیوانه های آلزایمری فراموش کند و نوع جدیدی از زندگی را شروع کند به سختی منقلبش می کرد. در عین تمام رنج هایی که محض خاطر مسئله ی عشق کشیده بود، با پوست کُلفتی عجیبی همه ی درد و رنجش را لذت بخش می دانست. با یادآوری به هرکدام از خاطراتش، رشته های اشک از

چشمان تیله ای رنگش به دهان کوچکش سرازیر می شد. اما روزگار و سپهر گردیدند و دوره ی اصرارهای مکرر مادر و مادر بزرگ گریان و هراسانش برای بازگشت نیمروز به سروری خانواده تمام شد. آنها رسماً نیمروز را بـا وسواسـش در انـزوا و میل بـه فراموش شدنش در فرای هستی فعلی اش پذیرفته بودند. از طرفی پسرک هم چنان به مخفی بودن و مقدس بودن خاطراتش پای بند بود. حتی در خیلی از موارد این تفکرات مانع از شادی اش می شد.

وقتی نیمروز قدم به خیابان گذاشت، با وجود سرمای هوا کمـی از تشـنج درونـی اش کاسته شد. هر بار که آرام و پیوسته قدم بر می داشت، دردی در ناحیه راست و پـایین شکمش مور مور می کرد. نیمروز برای چندمین بار دچار چنین علایمی شده بود، ولـی هر بار با بی تفاوتی از فکر کردن به آن طفره می رفت.

مغازه های اطراف خیابان در سکوت خود به سوی عرض پیاده روها چشم انتظـار پیـدا شدن مشتری بودند. از سردابه های فاضلاب مزه ی گَسِ در هم آمیخته با بوی لجن در مغزش می پیچید. کافه های شبانه از عصر شسته می شدند و تفاله های چایی و قهـوه بوسیله ی کارگرهای ترک آوراه به جوی خیابان سرازیر می شد. ته مانده ی غـذاهای شب پیش رستوران ها و بوی متعفن خیار شـورهای گندیـده و نـان هـای باگـت آب کشیده در زباله ها روی هم انباشته می شد. عصرها که آفتاب سرخ و عریان تـر مـی شد، چترهای کرکره ی آفتاب گیر و رنگارنگ مغازه ها از بالای دهنه شـان بـه عقـب جمع می شد. باد تابلوهای کوچک پلاک های مغازه ها و قفس های کاسکوهای وراج را

تکان می داد. این تصاویر چنین می گفت که شهر یعنی خوش بویی زباله ها و جای گزینی همین کثافات با سر سبزی روستایی و طراوت کاه گلِ خانه های خشتی.

نیمروز با سرخوشی های بی دلیل و حس تجدید خاطرات پاکباخته ای که ادامه ی حیات آن هنوز از خانه تا خیابان رهایش نکرده بود وارد صحن پارک مورد نظرش شد. نیمکت هر روزه ی خودش را غضبناک نشانه گرفت و به طرفش خیز برداشت. وقتی روی آن مستقر شد، فلز سرد نیمکت در سه مرحله هیکلش را یخ زد. هوای مطبوع پارک به وسیله ی درختان بلند کاج و چمن های نمناک و خنک تازه می شد. باد ملایمی سنگ ریزه های کوچک روی سنگ فرش پارک را در چمنزار پرت می کرد. صدای له شدن برگ ها زیر پای رهگذران او را به یاد نفس های یک آدم آسمی می انداخت. مورچه های صحرایی شاخک دار، جسد بچه گربه ای سیاه و سفید را مُثله کرده بودند. از بلندگوی بالای برجی آجری صدای موعظه ی کشیشی جوان می آمد. بار دیگر ناخوشی او را ذلت می بخشید! از عارضه ای که دچارش شده بود احساس طنز آلودی داشت. درد برای چند لحظه رهایش می کرد و دوباره با تپش های مقطعی و موضعی بدتر از قبل به سراغش می آمد. صدای کلاغ ها روی شاخه ی کاج های برافراشته معنی لغات را در ذهنش بیهوده تر می کرد. در آن لحظه ی موهوم از تکرار حرف هایی با مضامین خویشتن داری متنفر بود. حالتی که به چشمان معصوم کامیلیا چنگال فرو می کرد. پیکری باصلابت ولی بیمار داشت. پِلشتی و یکنواختی های اطرافش همه جانبه او را در آغوش گرفته بود. نیمروز برای این علت دردش را نمی دانست چون نمی خواست واقعه جدیدی را درون خود کشف کند. سعی می کرد

ذهنش را از عارضه ای که دچارش شده بود پاک نگه دارد و با سرگرمی های جدی تری درگیر شود. مثلاً این که امروز برنامه تئاتر شهر چه نمایشی می تواند باشد؟ یا این که دیدن یک اپرا تا چه اندازه می تواند در نحوه ی فکر کردنش به زندگی یا در برخورد با وقایع موثرتر است؟ بهانه های کوچکی که نه تنها طنزی همراه نداشت، بلکه مفهوم ارزش به حاشیه های اساسی این عالم را پررنگ تر می کرد. تحمل زایشی ناخواسته و نابود شدنی بازهم ناخواسته، دست کم مرگش را از جانداران بی عقل متمایز کند. مرگ یک انسان- با تفکر و آگاهی- خود پیروزی عاقلانه ای بود در برابر طبیعی بودن ذات مفهوم مرگ. نمی توان شک کرد که تا چه اندازه نیمروز وام دار نوعی اندیشیدن و مقابله کردن با گریز از همسان سازیِ پایان عمرها بود. او دوست داشت نابودی حقیقی اش در حیات را زمانی اعلام کند که رخت کندن از دنیا گونه ای بسیار معمولی و نباتی تلقی نگردد. نیم تنه ای از انسان و نیم تنه ای از خدا باشد. فیلسوفی پیر و خَمّار نباشد که درهمان ساعات آغازین حیات مرگ زایش، توشه توشه در فکر ساختن کاخی سترگ است. دلش زنده به عشقی راستین در آستانه ی صبح گاهی ابری باشد. نیمروز به خودش برگشت، سرش را به اطراف چرخاند و دستش را روی میله ی عمود نیمکت حایل کرد. به تکه های ابر که مانند قارچ از دل یکدیگر بیرون زده بودند نگاهی انداخت. چند پرنده در خطی به شکل هفت در ابرها فرو رفتند. خودش را بدشانس و یا ذاتاً بدشانس صدا کرد. او مدت ها بود که تصمیم داشت خود را به یک پزشک خوب برساند، و حتی اگر لازم بود نزدش اعتراف هم کند. اما هر بار به بهانه ی نداشتن وقت کافی و بی اعتمادی اش به پزشکان و علاج خود به خودی مرض از این

کار سر باز زده بود. آن روز هم که او دچار درد شدیدتر شد، یکی از همان روزهاست که باید با تحملش بر درد می گذشت. اما نتوانست انزجاری کـه کائنـات بـه مثابـه ی خوراندن جام شوکران در شیرینی جانش سرازیر می کردند را دوام بیاورد. از پارک به طرف خانه خود در انتهای خیابان براه افتاد. در آن ساعت شلوغی، همه جـا آدم هـا از جای شان بیرون می آمدند یا به جایی داخل می شدند. پر از احساسات متحرکی بودند که به دنبال کالبدهای واقعی انسانی جا به جا می شدند. کت و شلوارهای مـارک دار و چکمه های چرمی و کیف دستی های بند کوتاه عابران، گرمایشی مرطوب و مطبـوع را به زیر پوست خشکیده ی نیمروز می رساند... بعضی مغازه داران اجناس خود را بـرای عرضه به مشتریان ارجمندشان جلوی پیاده روهای سنگی و روی تَبَق های زنـگ زده ای چیده بودند. چشم های عابران زیر نور چراغ برق هایی که در محاصره ی شب پَـره های خاکستری سمی سوسو می زدند؛ در غروب عطشنـاک شهرش مثـل چشـمان کفتارها در شب می درخشید. و شاید براق و پر امید بنظر می رسید! بـوی آبجوهـای تلخ و خلال های سیب زمینی در سرخ کن ها، فرا رسیدن شب زنده داری های تکراری را نوید می داد. فن های پُرصدای تهویه ها، رطوبت چرب و داغ روغن های سـوخته را کرور کرور از دریچه ی زیر زمین آشپزخانه ی رستوران ها بیرون می راندند. طوری که اگر رهگذری جلوی آن دریچه ها قرار می گرفت، لباس هایش لکه دار و سرخوشی اش فوراً می پرید.

نیمروز در محاصره ی هُرم نفس های گرم و الکلی عابران، مسیر رسیدن به خانه اش را از دور تار و موّاج می دید. انحنائی رنگی بر بلندای ارتفاع شهرش نقـش بسته بـود و

انعکاس نورهایی شاخه شاخه شده بر پشت بام ها فرو می نشست. از طرفی درد تا مغز استخوانش تیر می کشید. بینایی اش قدرت زمان سلامتش را نداشت. اسکلتی نکبت بار، تن بیمار و نحیفش را با اکراه حرکت می داد. بعضی عابران در هر دوسوی پیاده رو تنه اش می زدند و از کنارش می گذشتند. شاید عادلانه بود که همه با لـذت بـردن از پیاده روی خود، نیمروز را در لحظه های بدون سلامتی اش نمی دیدند. نیمـروز بـرای چند لحظه متوجه نگاه دختر بچه ایی که در دهانه ی کلوپ شبانه ای منتظر برگشتن مادرش بود شد. چشمان قهوه ای رنگی داشت و روی پنجه های کوچکش به دور خـود می چرخید و شعر می خواند. به ناگاه در حدقه های بینایی نیمروز خیره ماند. بـا نگـاه دخترک نیمروز لحظه به لحظه زیبا شد. خاطره ی چشمان روشن و کوچک کامیلیا که با هنرمندی بی عیب و نقصش به آن سرمه ی سنگ هندی می کشید و خود را شـبیه مینیاتوری شراب به دست می کرد، بار دیگر تکرار شد. خاطره ی شـرم هـای زنانـه و گونه های قلمبه و سرخش. دورغ گفتن های بانمکش بر سر رسیدن عادت ماهانـه اش. همین طور یادش آمد که زمستان بهترین فصل برای دیدن کامیلیا بود. چون با وجود باران هیچ کس در خیابان ها حضور نداشت تا پرسه زدن آن دو قناری عاشـق را زیـر باران عجیب فرض کنند. نیمروز تا خرخره غرق در لحظـات قیمتـی بـا معشـوقه اش، دیگر دردش را از یاد برده بود.

وقتی به خانه رسید بدون این که حوصله درآوردن لباس هایش را داشـته باشـد، روی تخت فلزی اش واژگون شد. مستراح خانه بوی آشغال کله ماهی می داد. صدای کتـک خوردن سگ همسایه از کانال کولر آبی می آمد. پیرمرد ارتشی یقین حاصل کرده بود

که سگش در سوپ او ادرار می کند. صدای فحش هـایی کـه بـه همسـر مـرده اش و تشکیلات سازمانی که حکم اخراجش از کار را داده بودند به خوبی شـنیده مـی شـد. کلمات رکیکش واضح نبودند و به نظر زبان پیرمرد سنگین و حلقومش پر از ترشـحات دماغی شده بود. آب دهنش را مرتب روی زمین تُف می کرد. نیمروز بالشتی پنبه ای را در آغوشش فشرد و از پهلو خوابید. طوری که نوک باسنش به دیوار مـی خـورد. کـف دستانش را خوب روی هم مماس کرد و بین کشک های زانـویش قـرار داد. او معمـولاً گریه نمی کرد و بیشتر آن واقعه را بغض آمیز تحمل می کرد. موهای سـینه اش سـیخ شده بود. حس شهوانی بی موقع ای تکانش می داد. با دست قسـمتی از پیـراهن زیـر کاپشنش را بالا زد تا محل دردش را بهتر ببیند. روی شکمش لکه های قرمز رنگـی در پنج نقطه به صورت های جداگانه ایجاد شده بود. سطح سوزش دار پوستش کمی هـم حالت چسبندگی داشت. با این که اظهار خونسردی می کرد، اما باز هم نمـی توانسـت آن را کوچک بشمار بیاورد. بعدازظهر ملال آوری پشت سر گذاشته بود.

پس از یک خوابیدن نیمه کاره به سرعت صبح شد. صـدای زنـگ سـاعت شماته دار قدیمی با ریتمی یک نواخت و پر دردسر نیمروز را مجبور به خـاموش کـردنش کـرد. خمیازه های اضافی می کشید و یادش آمد که کفـش هـایش را هنـوز در پـا دارد. از جایش بلند شد و دوباره کنار پنجره قرار گرفت. برای این که تصاویر تکـراری نبینـد، پنجره ها را بست. چفت لولاها را محکم کرد و پرده های کتان مشکی رنگ و رو رفتـه ای را تا لبه ی طاقچه پایین کشید. خانه را به حالتی نیمه تاریـک درآورد. اصـلاً نمـی دانست که باید چه کار کند؟ تنها در سرش غوغایی از شلوغی یک جمعیـت، بـا بـوق

۹۷

عجیب یک شیپور هیاهو می کرد. همان دایره ی شیری اکنون دور سـرش حلقـه زده بود و هر لحظه صورتش به اشکال گوناگونی تغییر چهره می یافت. اول به شکل دوست پولدارش که مدت ها در شهری دور زندگی می کرد. دوم به شکل تندیسی گِلی از سرِ گوته که گاهی در سیاهی خانه اش مثل جن او را می ترساند. آخری هم مانند نزدیـک شدن به زمان انفجاری بزرگ در اثر متورم شدن هسته ی دوقولوی اتم بود! تا آنجا که فکر ترسیدن از لحظه ی ترکیدن، او را به شکل دوران بچگی اش ترسو نشان مـی داد. فکر این واقعیت که هیچ گاه به خود نپرداخته بود حالش را دگرگون می کرد. همـه ی اطرافیانِ نیمروز می خواستند که توقعی از دیگران نداشته باشد و به عنوان یک فـرد با امید نفس بکشد و خبر زنده ماندنش همیشه داغ باشد. سرگیجه ی او کمی هم مـی توانست به خواب هایش مربوط باشد. کلافه گی مفرطی را که از آن وضع تحمـل مـی کرد در نوع خود بی نظیر بود. پوست شکمش مانند جنس فلس ماهی ها شده بود. درد شکمش دوباره به سراغش آمد. همه چیز زشت و بی روح به نظر می رسید. از آن لذتی که در برخورد با وسایل خانه اش داشت خبری در کار نبود. همیشه دلش می خواسـته خانه اش پر از مبل های قدیمی و سلطنتی کلاسیک، با تابلوهای نقاشی عصر رنسانس باشد. آشپزخانه ای با اجاق فِردار و دودکشی آجری و بلند، بالای آن و متصل به سقف خانه داشته باشد. در و دیوار با ساقه های بامبوی تایلندی پوشیده شـود. پـرده هـای مخمل مشکی سراسر پنجره ها را بپوشاند. شمعدانی های نقره با پایه های بلند مارپیچ در هر دوسر میز نهارخوری چوبی با ظرفیت شانزده نفر در سالن پذیرایی محیا باشـد. روی نمای ستون های جلویی خانه اش کله های شیر سنگی باشد. شومینه ای با نمـای

منبت کاری هنرکاران کویر با گچ بری های طلایی و مجلل روسی در هم آمیخته باشد. لوسترهای بزرگ شمع دار فرانسوی، تفنگ های سرپر و شمشیر های نشان دار داشته باشد. عکس هایی در قاب های بیضی چوبی با تصویری از دلبرکان مُرده ی خاندانش و ساعت آونگ دار چوبی بزرگی دیوارهای خانه اش را آزین بخشد.

نیمروز روزنامه های چرک آلود روی میز مطالعه را به کناری زد و خـودش را از پشـت روی آن انداخت. طوری که حتی متوجه له شدن عینک دسـته سیاهش هـم نشـد. زندگی آن سوی پنجره ی پر از خاک به روال عادی خود ادامه داشت. هیچ کس خود را لازم به دانستن واقعیتی محبوس نه از روی همدردی، بلکه کنجکاوی در طـرف دیگـر پنجره نمی دانست. دستانش بی حس به پایین افتادند. سگ چاپلوس پیرمرد خفقـان گرفته بود. یکباره همه جا آرام شد. صدای چرخش پرّه های پنکه ی سقفی فضا را پـر می کرد. ناگهان لامپ نئون بالای سرش ترکید و ترکش های نـامنظمش در هـوا گـرد سفیدی را پراکنده کرد. صدای شوک آوری داشت، ولی خیال وهمناک پسـرکی قهـر کرده از خانواده و رویای ناتمام مردی دلشکسته و بریده از اجتماعی که معشوقه هـای زیبایش، زن های خانه دار غمگینی هستند را برهم نزد. نیمـروز ماننـد نـوزادی نـاف نبریده هم چنان که از گوشه ی لب های نازکش بزاقِی بی رنگ بیـرون زده بـود، روی روزنامه های چاپ بعدازظهر چند روز گذشته در خواب کامیلیا، مست و مَلنگ آویـزان مانده بود.

یک ماه بعد که هوا سرد تر شد و سرمای زمستان های ابدی مانند قهـوه ی اسپرسـو

روده ها را قبض می کرد، ورم شکم نیمروز هم به یک زخم کاری بزرگ تبدیل شد. سه شنبه روزی بود که با هر جنبش بدنش مایع چسبناکی آمیخته با خون رقیق شده که حالش را بهم زد از آبسه ی پایین نافش خارج شد. بر اثر استمرارش در ناخوشی به زمین افتاد. خون دلمه شده از محل زخمش که حالا دهن باز کرده بود بیرون می زد. نقطه های سوزنده ی پنج گانه ای که روی شکمش داشت همه به یک نقطه ی گداخته ی واحدی تبدیل شده بود. نیمروز تلاش کرد جای خونریزی را مهار کند. انگشت شصتش را تا نصفه داخل زخم فرو کرد. کم کم از شدت تحمل درد به حالت اغماء رفت و بیهوش شد. وقتی پیرمرد ارتشی پس از یک شک بجا پیدایش کرد، نگاه نیمروز به عکس زنی خندان و در حال اتو زدن پیراهنی مردانه روی جعبه ای مقوایی ثابت مانده بود.

ظهر فردای آنروز، آفتاب از پنجره خاک گرفته ی بیمارستان مرکزی شهر، چشمان نیمه باز نیمروز را سیخ زد و او را وادار به بیدار شدن کرد. تا آن هنگام علت درست بیماری اش نادر تشخیص داده شد. به آزمایش های زیادی تن داد و جهت درمان های شگرف، جاهای بهداشتی عجیبی رفت. خطوط هدایت گر رنگارنگ پیچ در پیچ و سرخ و سبز و زرد و آبی را روی زمین دید. اما او بیشتر ترجیح می داد وقایع را آن طور که هستند قبول کند. به مدت یک ماه پس از آن حادثه و بستری شدنش در بیمارستانی با پرستارانی گیج کننده، گوشه ی اتاق و کتاب های نخوانده اش تنها همدم برایش بشمار می آمدند. روزنامه های روزهای گذشته را مرور کرد و یک بار هم به دوستش در شهری دور تلفن زد که البته با هم صمیمی نشدند و با چند تعارف سرد خداحافظی

۱۰۰

کردند.

نیمروز طاقباز روی تخت فلزی موروثی اش خوابید و اطراف و سقف اتاقش را نگاه مـی کرد. به تیر چوبی قدیمی که باید تعمیر می شد و عنکبوتی مرده و آویزان در تار خود، و مورچه ای که شجاعانه صیادش را می مکید. او هیچ دوست نداشت کـه از یـادآوری روزمره خاطراتش دست بردارد. همان خاطرات که به گَندی پشـت دسـتانی تُـف زده، بوی مردار انسانی می داد. همچنین بوی سنگ فرش های ترمینال هـا در زمسـتان را می داد؛ هنگامی که عَمله های شهرستانی دهان پر از دندان های زردشـان را از مـایع چسبناک و حباب داری پر می کردند و قبل از آن که روی رکاب اتوبوس های قرمز جا بگیرند، از خودشان روی زمین جا می گذاشتند.

نیمروز در خیال آبکی اش، انگشتانش را در دهان عروسک ها داخل می کرد تا گرمش کنند؛ به راستی چه سعادت نیرومند ی... و گویی زناره ای از جنس حریر بـه قـامتش فخر می داد. اما چه فایده که تجربه هایش در گذشته خود محملی ملال آور شده بـود. پوسته ای کهنه و تکـراری از خـاطرات سـالیانی دور کـه تکرار بـازگویی اش خـود دردیست فراگیر. نیمروز نمی دانست چرا بدنش زخمی ست؟ شاید عقده هایش از قلب به دلش زده بود. نمی خواست آفرینش اش را بیهوده بشمار بیاورد. گذشت این سال هـا با لذت ناز کشیدن های بی مورد مادرش پیش همه، و احساس شرمی دزدانه در فرایند تبدیل شدنش به موجودی نازپرورده، عاقبت از نیمروز هیـولایی بـا دسـت و پاهـای سیندرلا ساخته بود. یک انسان دردمند با قلب روباهی ترسـو. میـل رهـا شـدنش در

۱۰۱

نیستی و فنا شدنش در هستی. طغیانگری اش در تنهایی. حس سـوزان سـعادتمندی اش در عین بدبختی، و هزاران درد رقت انگیز اثیری دیگر که پیکرش را آسیب پذیرتر از مسیح کرده بود.

او با انگشت کمی از سطح پوست محل دردش را لمس کرد. شروع به خاراندن پوست نازک جای زخم شکمش کرد. با این کار در پوسـت حسـاس و مهتـابی اش پـاره گی مختصری ایجاد شد. قطرات سرخ خون از جای زخمـش بیـرون زد. بـاز هـم صـدای شکنجه کردن سگ پیرمرد می آمد. افسر سابق شهربانی با عصایش بر سر حیوانی که پای صاحبش را زبان می کشید می کوبید و آنقدر زد تا ناله های سگ نگون بخت کـم کـم خاموش شد.

عفونت در ناحیه شکم نیمروز پخش شده بود و مانع از نجات حماقت گونه اش مـی شد. خود را از بالای تخت روی زمین انداخت. در آن لحظه با اصابت نیمروز بر سطح زمـین بریدگی کوچکی روی گونه اش ایجاد شد. رشته خون تا انتهای لب هایش جریان یافت. مانند اشک سرخی بود پس از سـیلی پدرانـه ی یـک اسـتاد کـار مکانیـک. ماننـد بازخواست افسری کارکشته پس از ناکام شدنش در گرفتن اقرار. مانند این که سـرش شبیه گردی کره زمین باشد و باریکه ی خون مرز بین قطب ها! مانند خود خون بود بـا مزه ی ترش و شیرین.

لبخندی سرد روی لبان نیمروز نقش بست. قطرات گرم اشـک بـرای ابـراز اعترافـات واقعی اش سرازیر شد و روی پوست چاک چاک شـده ی چانـه اش لغزیـد و چکیـد.

نیمروز تنها بود، درست مثل ابناء آدم. انگار که همه ی اهالی زمین تعطیلات شان را در سیاره دیگری می گذراندند. او تلاش خود را به طرف در خروجــی از ســر گرفـت و بـا حرکاتی لاکپشت وار به جلو می رفت. بدنش در ژست بی حسی متوقف شده بود. برای چند دقیقه سرش را از خستگی و ضعف جسمانی روی زمین چسبانید. اشیاء اطـرافش را دوتایی می دید. بوی ادکلن ملایمی فضای اطرافش را پر کــرده بـود. در آن هنگـام حاله ای سفید رنگ و روحانی در برابرش نمایان شد. غبارهای ریز نوری کم کم شکلی از دختری زیبا با چشمانی نه چندان بزرگ اما پر از رمز آلودگی های دوست داشتنی را برایش به نمایش گذاشتند.   کامیلیا پس از سال ها گمنامی امروز برگشته بود! ولی چرا بی خبر؟ و چرا درست بزنگاه لحظه ای که نیمروز در وضعیتی فلاکت بار قرار داشت؟ و حالتی زمین گیر و ناتوان، که حتی از پسِ شاد کردن معشوقه ی آرزو بـه دل نشسـته اش برنمی آمد؟

حادثه ای ناگوار در حال وقوع بود. می توان اعتراف کرد تمام عقده های کودکی اش را با هم و یک جا مصرف کرده بود. آرامش مرگ احتمالی اش رؤیایی بود با وسعت خواب آرام صبح گاهی یک جانی پس از فرار پیروزمندانه و انتقادگیرانه اش. موضوعی جانانه در برابر بزرگترین پرسش از انسان که مغز نیمروز را خنک می کرد.

گریخته از مهلکه و منزجر کننده خود را به کمر برگرداند. متوجــه خــونریزی زیـادی اطراف شکمش شد. او در این لحظه دریافت که احتمالات دکتر جوانش که گردن آویـز و دست بندی مسی به خود می آویخت اکنون به حقیقت پیوسته است. پیــراهن یقـه

گشاد راه راه کرم رنگش کاملاً خونی بود. او جاری بودن یک ماه سرخ رنگ را از بدنش می دید. دلش می خواست بخوابد. درست جایی که زیر بدنش را همان ماده ی رنگین لزج احاطه کرده بود. گونه ای که مغزش انگار آب شده و در کاسه ی سرش به حالت گرداب درآمده باشد. از پشت سر تمایل شدیدی به زمین خوردن داشت. اضطرابش از فلاکت در تنهایی همانند خفاشی پهن پیکر در خانه اش پرواز می کرد. خودش را روی برانکارد سفید بیمارستانی مجهز و تمیز با پرستارانی مهربان و خوش پوش می‌دید. دوستان و خانواده اش همه دورش حلقه زده بودند.

صبح بود و آفتاب شاخه های نورش را به سقف ها و زیر تخت ها و چشمان نیمروز می تاباند. نور گرمابخشش مانند شمشیر بر فرق سر نیمروز فرود می آمد. صبح بود و ادامه زندگی نکبت زده ی نیمروز، همچون ساقه های پُرزدار وحشی و الیافیِ کدو تنبل بـه دور گلایلی ضعیف؛ و مثل اژدهایی هفت سر به دور خرگوشی کوچک، واقعی تر از هـر مسئله ای جهان را تابنده کرده بود. میان قفسه های لاغر سینه اش و موهای پرپشت دور پستانش خدایی خفته بود به ساکتی بودا.

همه با لبخند از او می‌خواستند که چشم هایش را ببندد و استراحت مطلق کنـد. هـر پرستار زن برای نیمروز حکم رباتی همه کاره و نگاهبانانی آهنین را داشـتند. یکـی تخت خوابش را مرتب می‌کرد، یکی به او صبح بخیر می‌گفت و بـرایش صـبحانه مـی آورد. یکی دیگر هم دسته گلی زیبا را در گلدانی بالای سر نیمروز جـای مـی داد. زن پرستار، گل به دست پس از اینکه گل های خرزهره را در ته محفظه ای سفالی فشار

داد، به طرف نیمروز برگشت. سنگینی نگاه آشنای آن پرستارِ زیبا و بوی خوش زنانه اش بی مانند به عطر روغن موهای کاملیا نبود. دستانش که نبض نیمروز را می گرفت بر دردهای بیمار داغی زنانه ای در سلول ها و رگ هایش می دواند. در این اثناء ناگهان در اتاق با صدای مهیبی باز شد و تمام دنیای شیشه‌ای نیمروز درهم شکست شد. مردی قوی هیکل و خشمگین که کت و شلوار کاملاً مشکی پوشیده بود وارد شد. موهای مجعد فرفری دسته شده ی پشت سر مرد، همچون یال درهم بافته ی مادیان های وحشی در هوا می جنبید. به سرعت دکترها و پرستاران را از آنجا بیرون کرد و خودش را به نیمروز که مثل مجسمه ثابت و محو در حرکات پرانرژی آن مرد شده بود رساند. سپس سُرنگی به بزرگی تزریق کننده های اسپرم به قاطرهای ماده را در سینه ی نیمروز فرو کرد و یک محلول شیری رنگ را در جگر نیمروز تزریق کرد. حباب های مایع سرنگ مانند جوشیدن حلیم نذری روی سر پاتیل غُل غُل کرد و پایین رفت. مردک مهاجم با فحش های بی معنی می خواست که نیمروز همراه با او آنجا را ترک کند. اما نیمروز که هیچ توانی در وجودش باقی نمانده بود، با حالتی افلیج سعی در فهماندن آن مرد از وضعیت اش داشت. با دست اشاراتی کرد که یعنی نمی تواند به او پاسخ بدهد. ولی تلاش نیمروز در برخورد با مرد سیاهپوش بی فایده بود. هرکول نیمروز را همچون دستمالی مچاله شده از روی تخت بلند کرد و بر زمین زد. در اثر زمین خوردن نیمروز صدای خنده‌ای پنهانی به گوشش رسید. صدای کف زدن‌های پی‌درپی و تشویق پرستاران و پرسنل آن بیمارستان در گوش نیمروز طنین می‌انداخت و او را ناخواسته وادار به مبارزه ای نافرجام، گُنگ و بی حاصل با آن هیولا می‌کرد. به

واقع ذهنش آزار می‌دید. مایعای مانند تیزآب از حلقومش بیرون می‌زد. دلش می‌خواست فریاد بکشد. از سایرین کمک بخواهد و وضعیت نه چندان جالب خود را برای همه به نمایش بگذارد. اما زبانش خشک شده بود. مثل یک تکه چوب که مدت ها زیر نور آفتاب رها شده باشد؛ هیچ صدایی از حنجره‌اش برنمی‌خاست.

حسرت خوردن یک لیوان آب خنک چیزی نبود که نیمروز آرزویش را داشته باشد، اما همین دلخوشی کوچک تمام دنیایش شده بود. کمی آن طرف‌تر خود را روی زمین غلتاند و به صداهایی که از دور می آمد گوشش را تیز کرد. صدای بازی بچه‌ها بود که یک شعر موزون از کتاب درسی خود را با روش مخصوصی می خواندند و سپس به رقص درمی‌آمدند. بچه‌ها از راه‌پله‌های محل زندگی نیمروز بازی می‌گرفتند و همدیگر را با عجله دنبال می‌کردند. بازی آن ها با هیاهوی کودکانه به مقابل خانه ی نیمروز کشانده شد. فریاد پیرمرد ارتشی بلند شد و در اعتراض با لگد پشت در می کوبید و به سازمانی که از کار اخراجش کرده بودند فحش می داد. بوی لاشه ی سگش تمام فضای ساختمان را پر کرده بود. مگس ها یکپارچه سرخ رو و تا کله در خون ماسیده ی سگ مردارش شناور بودند. زیر در خانه ی پیرمرد غوغایی بود به بزرگی جشن شکرگذاری.

اکنون وقت بازیِ با نیمروز بود! کودکانه بیمار بودن یعنی فراموش کردن رنج های اطرافش. بچه‌ها با شادی نیمروز را به سلامتی گنگی دعوت کردند. می‌خواستند که از بازی یک نفره خود دست بکشد و به نشاط حاکمانه آنان گام بردارد. ملحق شدن او به

دنیایی عاری از درد اجتناب ناپذیر بود. بازی این طور آغاز می شد که متن کامل یک شعر از ویکتور هوگو را باید بدون غلط و یکسان می‌خواندند و همزمان دست های یکدیگر را گرفته و دایره وار دور هم بچرخند. حالتی شبیه رقص در تابلوی نقاشی کاتالون ها را داشت. هر بچه که از عهده ی اتمام شعر برنمی‌آمد، می‌بایست بازی را ترک می کرد. نیمروز با اندک جهشی چابک به آنان ملحق شد و در بازی شان شرکت کرد. مثل آنان شعر خواند و به هوا پرید. بچه ها روی نوک انگشتان پا می چرخیدند، شعر می خواندند و شادی می کردند. نتیجه بازی باقی ماندن نیمروز با یکی از دختر بچه‌ها بود که چشمانی مهربانی داشت. پیراهن مخمل ارده ای با دو گل مشکی روی جیب هایش داشت. جوراب نخی سفید و بلندی را که تا کشاله ی های ران های باریکش می رسید پوشیده بود. موهای سیاهش را در هر طرف مانند عروسکی دلربا بسته و دسته کرده بود. سیمای کلی چهره اش شباهت عجیبی با دخترک در بازار داشت. آن دو برای ادامه بازی به دور هم می‌چرخیدند و انگشتان دست هایشان را در هم گره کرده بودند. گستاخانه در چشم های هم خیره شده و می خندیدند. بچه‌های دیگر در گوشه‌ای آن طرف‌تر با حسرت و غبطه آن دو را ورانداز می‌کردند و در گوش یکدیگر پچ پچ کنان خنده های دزدکی سر می دادند. بازی به مرحله ی آخر خود نزدیک و شعر رو به پایان بود. آن دو غرق در نگاه به یکدیگر می‌چرخیدند و بالا و پایین می پریدند. نیمروز از هر تمام شدنی راضی بود ولی تن در ادامه ی ابدیِ بازی همه فکرش شده بود. لذت لمس دست های گرم و عرق کرده ی رقیبش جدا نشدنی به نظر می آمد. کم کم غروب از راه رسید. قوانینی خشک و معین بچه ها را واداشت تا به

خانه برگردند. بادپیچکی تیز پا کاغذها پاره ها و تکه های مقوای پاکت سیمان و بریده های روزنامه هایی که هنوز بوی خورشت قیمه می داد را در هـوا چرخانـد و بـه هـوا فرستاد. بچه‌های دیگر به خانه‌های خود بازگشته بودند، اما نیمروز و دخترک رقصیدند و بازی را ادامه دادند. نیمروز دردش را فراموش کرده بود و دخترک زمان برگشتن بـه خانه را... نگاه آن دو میل رها شدن در خاطرات پیری را تشدید می کرد. آن هنگام که پس از سال ها جدایی، یکدیگر را اتفاقی در خیابان یا جایی شبیه این جهان ببینند. در اختیار نداشتن افسار زمان یعنی یک احساس رنج آلود، یعنی آخرین نگـاه دختـرک، یعنی پایان دور بازی‌های کودکانه، یعنی رها شدن دست‌هایی ناتوان در انجـام، یعنـی نزدیک شدن به آخر دنیا و یعنی تمام شدن هرچه بازیست و آغاز بازی خـوردن هـای تازه.

دخترک با اشاره مرد میانسال پشت خمیده ای که به چوب دستی منبت کاری کوتاهی تکیه کرده بود و نوک سیبیل چخماقی اش را دندان می کشید، به سوی خانه‌اش روانه شد. نیمروز لحظه دور شدن دخترک را تا انتهای دیدش دنبال کرد. با لبخندی سرد به تنهایی شعر می‌خواند و به دور خود دیوانه‌وار می‌چرخید. هـر دو دسـتش بـه شـکل صلیبی گوشتی و مثل مترسکی مضحک به اطراف باز شده بود. چشم هایش را بست و در نظرش بازی همچنان ادامه داشت...

قدر مسلم او دیگر عدم حضور دخترک را درک نمی کرد. نمی خواست فرار دیگران از خود را با هرزه گی جبر زده ی آنان پیوند دهد. فریادش مثل دورگردی که صـوتکی را

زیر زبانش پنهان کند، جیغ می کشید. سرش مثل نفس کشیدن در بخار نفتالین گیج رفت و سبک شد. در ذهن خود مرگ را به آن تشبیه می کرد. با دستانی باز می چرخید و اشیاء با سرعت قابل توجهی در حرکت بودند. عاقبت پاهایش سُست شدند و پس از لوده گی کردن های زیاد، مانند پیرمردی سالخورده و مغرور، بی رمق روی زمین افتاد. پس از سکوتی دجال، باز هم صدای خنده ایی پنهانی به گوشش رسید. از زخم روی گونه اش هنوز خون می آمد. پایش سفید – از همان ها که بعد از یک حمام طولانی نوک انگشتانش پوست می اندازد– و کنار ناخن هایش پینه بسته بود. زیر کاسه ی زانوی سمت راستش تیر می کشید. دستان پرمویش به هر طرف پهن شده بودند. نیمروز توانست کمی سطح زمین را با انگشتش فشار دهد. دلش می خواست از جایش برخیزد و بایستد. به طرف پنجره برود و پرده ها را کنار بزند. دوباره همان آدم ها، پدیده ها، رفت و آمدها، جامعه ی در حال گذرا و چراغ های روشن شهرش را از دور ببیند. ببیند که چطور مهربانی های دخترکی به نام کامیلیا سعادت را در غُل و زنجیر عشق و در غرور و تعصب و لُپ های سرخ مادیانی دوست داشتنی به دور گردنش قلاب شده است. قول می دهد که دیگر اظهار خستگی و رخوت نکند. دیگر نگوید که پدیده های اطرافش در زندگی نکبت بار است. یا این که همه روزهای زندگی مثل هم اند. حتی قول می دهد که خانه اش را مثل یک بچه خوب مرتب کند و لباس ها و کتاب هایش به اطراف پخش نباشد. قول می دهد به فکر کسی یا چیزی غیر از کار و درآمدش نباشد و همچنین قول خواهد داد دیگر یواشکی کسی را دوست نداشته باشد!

حادثه درست زمانی رخ داد که نیمروز زخمی و خونین خود را ناتوان تـر از همیشـه و همه کس و همه چیز دید. در ساعت شـش عصر؛ وقتـی غـروب بـی کـران نـارنجی همسایگانش را به یاد رنگ خون کشته هایشان در جنگ انداخت، حادثـه هـم در راه بود. درست وقتی دایره ی شیری به شکل شبح نپتـون درآمـده بـود. حادثـه زمـانی اتفاقش مسجل شد که مادربزرگش پیشانی دایی خونین و ترکیده اش را در آن شرجی صبح گرم مردادماه بوسید تا سپس دفنش کنند. درست وقتی کـه مـادرش از جنـون تنهایی و نداشتن شوهر تازه مرده اش، مرگ آور در نیمه شبی تاریک، لبـه ی پتـوی پلنگی دونفره ای را گاز می گرفت. حادثه ای کوتاه ولی اثر بخش در راه بود! آن هنگام که خدایان محراب سخن آغاز کردند و دست های هابیل را روی سینه اش درهم گـره زدند. آن هنگام که فرزند خدا را غسل تعمیدش دادند و دوستانشـان اوا ماریـا را بـه زناکاری تکفیرش کردند. وقتی صلیبی چوبی از تنه ی بادام تلخ را بر شانه های لاغر و استخوانی اش بستند و شلاقش زدند. آن لحظه که روز هفتم آفرینش پایان یافته بود و خستگی از چهره شان پاک نمی شد. وقتی شیطان با دو بال سیاه و ناخن های بلنـد و نقره ای رنگ، چشمان فیروزه ای، موهای بور و بُلند، لب های سرخ و آتشین و پوستی عنابی نیمروز را واداشت که قلبش را به یک زن بدهد. روزی که شیطان پس از هزاران سال استجابت و اطاعات، سرانجام به زبان کشیدن ابدی بر کوه های نمکین محکـوم شد. اتفاق خود اتفاق بود. با این تفاوت که در آن واپسین دقیقه مادربزرگ خرفتش را کشان کشان به بهشت سالخورده گان می بردند و مادر غمگیـنش را کاهنـان مسـتِ معابد به جانوری که از مدفوع خود مینوشید غضب داده بودند. حادثـه هرچـه بـود،

نیمروز در آن ساعت منحوسِ حیاتش و میان تنوع گونه های مختلف الوحش عالم، به موجودی عظیم الجثه و زشت رو تغییر شکل یافته بود. دست و پاهایش پهن و سم دار شدند. فاصله ی شکمش تا زمین کوتاه تر شد. پوست بدنش به اندازه ی چندین برابر دارای لایه های چربی شد و مثل کیک های شکلاتی از قهوه ای به سیاهی می زد. دست های ظریفش اکنون چیزی شبیه پاهایش بود. گردنش مثل یک کُنده ی درخت کُنار وحشی خشک و کلفت شد. در دهان بزرگ و حیوانی اش دو دندان نیش نیم متری از فک پایینش رویید. شکمش آن قدر بزرگ شد که می توانست همه چیز را ببلعد، حتی مرد گوژ پشتی که دخترک هم بازی نیمروز را با خود برده بود! دم کوچکش مثل زبان سمندران خال دار می جنبید. زیر شکمش دمل چرکی آبداری بیرون زده بود. دور زخمش زرد رنگ و مویرگ های سبز جلبکی روی سطح کف کرده اش شیار بسته بود. چند مگس خون خوار- که لاشه ی سگ پیرمرد ارتشی را تجزیه می کردند- از خونابه ی زلالش می نوشیدند. مقعدش مدفوع سیاه و ملین شده ای مانند رشته های سوسیس جگر از خود بیرون می راند. حجم بیضه چروکیده اش روی هم رفته به اندازه ی عضو پژمرده و از کار افتاده ی پیرمردی سیاه پوست بود. سرش مستطیلی و استخوانی و ماهیچه هایش به طوری پیچیده و عضلانی شده بود که یک سوم از کل بدن چهار متری اش را تشکیل می داد. روی پوزه ی کوتاهش دو سوراخ گشاد برای تنفسش قرار داشت. در همین مورد قبلاً یک برنامه ی علمی تلوزیونی قانع اش کرده بود که دندان های نیش جلویی اش در بازار مکاره ی قاچاقچیان ماداگاسکار به مبالغی گزاف خرید و فروش می شود. عرق ترشح شده از بدن نیمروز همچنین

دارای خواص دارویی فراوان و مورد علاقه ی دانشمندان حیات وحش و مدافعان حقوق حیوانات در سراسر دنیاست. او ناتوان می اندیشید این چنین جانوری به جای زنـدگی در گل و لای باتلاق های مصر علیا در این خانه چه می کند؟ حسرت رسیدن بـه آب و شنا کردن در رودخانه ای گل آلود که مرغان دریایی اش ماهیان خاردار کـوچکی را از عمق برکه ها شکار می کردند، تمام مغز کوچکش را پر کرده بود. دست ها و پاهـایش همانند ستون های سنگی تخت جمشید روی چهار ناخن سم دار اسـتوار شـده بـود. چشم های خشمگین نیمروز در هر طرف کله اش مانند خشـم پـدری متمـول کـه از توطئه ی شوم فرزندان بی شرفش آگاه شده باشد به اطراف مـی چرخیـد. در همـان لحظه یادش به آن نقاشی افتاد که بالای تخت فلزی اش میخ کرده بود. در آن تصـویر حمله ی عده ای سرباز مومن کاتولیک و متعصب در جنگ های صلیبی را بـه نمـایش گذاشته بود. جنگ جویان معتقد به جان زنان و مـردان زنـدیقی افتاده بودنـد و بـا خنجرهای شان شکم های نوزادان خندان را می دریدند. این تابلو تنها یادگاری دوست کشته شده اش در جنگی نابرابر بود.

فکر این که چگونه می تواند خود را نجات دهد ذهنش را به راه هـای گونـاگونی مـی کشاند. مثلاً این که خود را به طرف پنجره بکشاند و شیشه ها را بشـکند و آدم هـا را متوجه خود کند. اما او به چه زبانی باید کمک می خواست؟ آیا بـا نعـره کشـیدن؟ آن وقت همه با خوشحالی و لطف از پایین پنجره برای یک حیوان دست آموز خانگی کـه ضمناً خیلی هم باهوش است دست تکان خواهند داد و پس از لحظاتی آنجا را ترک مـی کردند. راه دیگری که به ذهنش رسید آتش زدن خانه بود. بـه آشپزخانه مـی رفت،

کبریت را بر می داشت و پرده ها و مبل ها و فرش ها و همـــه ی وسایل خانه را مـی سوزاند. قطعاً از این کار دود و آتش بلندی زبانه خواهد کشید و مردم شـهر از وجـود فاجعه ای چرکین در دل آتشگاه نیمروز با خبر خواهند شد. اما بعد از آن که نیروهـای کمکی برای خاموش کردن شعله ها به نجاتش بیایند، دیگر از نیمروز چه بـاقی مانـده است؟ هیچ. شاید دیگر وقتی سر برسند که از او جز یک مشت خاکستر چیزی بر جای نمانده باشد. آن هنگام که در میان شعله های سوزنده و به هم پیوسته، غده ی عـذاب آورش سر باز می کند و می ترکد، دیگر چه فایده دارد که آتش نشانانِ از خود گذشته تنها موفق شده باشند آتش جانش را خاموش کنند؟ چه فایده که آنان وظیفه اشان را به خوبی انجام داده و مدال شجاعت را به سینه بیاویزند؟ آیا خوب بودن در ایـن دنیـا کافی ست؟ پس آتش گُداخته ی جگر نیمروز را چه کسی فرو خواهد نشاند؟ سی سال آزگار کسی به حرفش، عشقش به زندگی و به حضورش میان شان روی خـوش نشـان نداد. عاقبت گلِ کوزه گران خواهد شد!

شاید بهترین کار خودکشی بود. می توانست خیلی راحت از دامِ وجه انسان بودن خود رها شود و از اضطراب شکل حیوانی اش آن گونه که دیگران در ظاهر قضـیه او را مـی دیدند مصون بماند. شاید با انتحارش گونه ای جدید مرسوم می شد که آدم ها از ابتدا اصل یکدیگر را درمی یافتند. شاید هم چنین نمی شد؟! نیمروز در مکاشـفات درونـی اش با دنیایی از رازهای هستی درگیر بود. پرسش درباره ی این که چه انـدازه مـرگش در اثر خودکشی قابل دریافت است؟ زیرا این کاراترین راه خلاصـی از بیمـاری صـعب العلاجش بود. توصیفش سخت نیست وقتی که می دید خودش با اندک وسایلی کـه از

خاطرات یگانه عشقش بر جای مانده دل خوش و تنهاست. کاناپه ای که کامیلیا آخرین بار روی آن نشسته بود. کمد چوبی قدیمی که در گذشته ها آن دختر لباس های نیمروز را اتو زده و از رخت آویز استیلش آویزان کرده بود. عجیب ترین انسان ماده ای که نمی توانست بوی چرب طبیعی خود را از دو حفره ی روی پوزه ی نیمروز دریغ دارد. خاطره ی گل های پلاسیده ی بالای کمد و سوزاندن دسته ی تفلون قابلمه هنگام آشپزی... همه حکایات عشقبازی های مکرر در آن سردی نمناک دیماه را داشت. نمایان گر حس امید، اضطراب، بی کسی، سعادتمندی، دوستت دارم ها و بلاتکلیف بودن های غم انگیزی که ذات عشق ورزیدن بود. خودکشی در نهایت هزار خواص و یک ایراد مهم داشت! و آن به درد آوردن دل مادری که او را زاییده بود. زنی که به محض تولد زن شد و قبل از آن نبود. خودکشی در اثر خودسوزی رنج آور بود؛ اما نه آن قدر که توده ای گوشت آبدار و بی خاصیت میان شعله ها بسوزد و عالمی از وجودش پاک شود. نیمروز فکر کرد این واقعه بی نهایت رنج آور است. برای این که مادرش به تمامی دل یک زن را داشت؛ از نوع هم آغوشی اش با بچه گی های نیمروز. وقتی سینه هایی که انباشته از شیرهای پرچرب بود را به تمامی در حلق هیولا داخل می کرد، تا او هم در جواب روزی بشود بیگانه ای از جنس پوست و گوشتش! دل آن زن که جفای شوهرش را نادیده بخشید، ولی خود را رهانید. سهم نیمروز از بازپس گیری وقایع گذشته، دستمایه ای شد پُرملات، و آکنده از رنج بیاد آوردی خاطرات مرده اش... و بس. موضوع بسیار قابل فهم است. قدیم ترها زن بچه را می خواست و اکنون بچه مرگ را. خودکشی چنان در ذره های فکر نیمروز رخنه کرده بود که انگار

رودخانه ای از لجن زار مادام که پرندگانی سرتاپا پوشیده از گریس های نفت بر بسترش تقلا می خورند، بخروشد و به دریا سرازیر شود.

بوی متعفن لاشه ی باد کرده ی سگ پیرمرد با نجاسات و اسهال رقیق شده ی نیمروز درهم قاطی شد و همه جا را به گند کشاند. از کانال کولر آبی باز هم صدای غُر و لُند خش دار پیرمرد آمد. ضجه های مرگ آوری می کشید. داشت به خودش ناسزا می گفت! از کار کشتن حیوانی که یک عمر پاهایش را لیس زده بود مثل سگ پشیمان بود. نیمروز گوش می کرد که پیرمرد با حیوان مُرده حرف می زند. صدایش حالت گرفتگی پیدا کرده بود. بتدریج گریه هایش زیادتر و هق و هق اش سوزناک تر می شد و نفسش به شمارش می افتاد. اشیایی را به اطراف پرت می کرد و می شکست. صداهایی می آمد دلیل بر این که پیرمرد در حالتی سنگ شده خود را روی زمین انداخت و سپس لاشه ی سرد و بی جان سگش را روی خودش بالا کشاند و تنگ در آغوش گرفت. ناله های پیرمرد رفته رفته به حدی کلفت و حیوانی شد که نیمروز یک آن شوکه شد! آیا سگ سقط شده بار دیگر زنده شده؟ آیا حلول روح در کالبد مردگان چنین است؟ نمی توان شک کرد که در اثر بازگشت روح سگ به جسم مرده اش چه زود موضوع تناسخ بر نیمروز ظهور کرده باشد! و چگونه این محشر در آدم پستی مثل پیرمرد ارتشی تبلور یافته بود؟ تناوب ابدی ارواح آیا از سگ به پیرمرد رسوخ کرده یا بالعکس؟ قطعاً در این میان موضوع اساسی صداهایی بود که اساس نتیجه گیری نیمروز بشمار می رفت. پژواک برخورد اجسام با یکدیگر و انعکاس شکستن اشیاء و ساییدن چیزهایی نامعلوم می توانست به هر نتیجه ای از جانب شنونده منتهی شود.

یعنی هر کس ممکن بود به اشتباهی که نیمروز را برای ادامه ی شـنیدن آن داسـتان کذایی ذوق زده می کرد مبتلا کند. حالا از این بگذرد کـه منبـع شـنیداری آوازهـا و صداهای مجعول، چیزی جز یک کانال انتقال هوای فلزی بیش نبود. نیمروز با بررسـی دقیق دهانه ی دریچه ی کولر آبی دریافت که فاصله ای به طول شش متر صداهایی را که می شنود به گوشش هدایت می کند. شـاید کانـال از ورقـه ای بـا آلیـاژ پـایین و فرورفته گی های زیاد، طوری جریان هوا را به چــرخش درآورد کـه گـویی کسـی یـا شخصی یا صاحب کلامی با انسان سخن می گوید؟ از آنجا که در پدیدارهـا بـاد مـادر طبیعت و حاکم بلامنازع فریبکاری انسان در صحراهای کویری بوده اسـت؛ وقتـی بـا خودش تنهاست یا وقتی به دنبال سوی چراغی در دشتی بی انتها سرگردان است، چه می تواند به شیوه ای اغواگر او را به وهم برساند؟ باد می تواند میان دالان های عمیـق دره ها گردش کنان شیون های زنی شوهرمرده یا نجوای چنــد گمشـده در بیابان را تقلید کند. لای درز شکاف تنگ و مرتفع کوه ها و در شب های تاریک غارها و صـخره ها بوزد و به غرش درآید. عاقبت از صوتکش هزار آوا برمی خیزد که سهم انسان نوای غمگین آن است. چه سیاحان خوش قریحه ای که به دنبال صدایی آشنا طول صحرای سینا را پیاده گشته و از بی آبی هلاک نشدند؟ ملوان هایی کـه سرودهاشـان برلـب و ریاکاری توفان ها را از دور، آواز پریان دل شکسته ی دریا فرض کرده اند و در گرداب جهالت شان غرق شده اند. آدم ها گاهی خود مسحور افسون گری خــود مـی شـوند. نیمروز بت افکارش را به یک ضربه شکست. مثل این که به جهان دیگری رفته باشـد؛ دلشکسته و نومید از بازگشت به زمان حال بود. اصلاً چـرا شـک مـی کـرد؟ نیمـروز

گوشش را به کانال تهویه نزدیک و نزدیک تر کرد...

در حقیقت زوزه هایی که از دریچه ی تهویه ی خانه ی نیمروز طنین می انداخت، صدای پیرمرد ارتشی بود! مویه های پیرسگی؛ مانند زنی کولی که گاو آبستنش را سیل برده باشد جیغ می کشید و التماس می کرد. با پچ پچ هایی که لحنش انسانی و بیان اعترافاتش حیوانی بود، در طلب آمرزش و مغفرت حیران می گشت. حنجره ی پیرمرد کاملاً به پارس سگی هار و قاتل شبیه بود. خرناس می کشید و مثل سگش که در گذشته مرغابی های شکار شده را به دست صاحبقرانش می رساند، زمین را پنجه می کشید و روی جگر نیمروز زخمه می زد. پیرمرد سخت درگیر تحولش به مرحله ی جنون انسانی اش بود. عاقبت به هیأتی درآمد که جثه اش از نیمروز کوچکتر، ولی نفرتش از خود دوچندان شده بود. نیمروز به مدت یک ساعت به پارس کردن های پیرمرد درمانده گوش داد؛ تا این که کم کم به ناله های ضعیف و عوعوهای خفیفی تغییر حالت داد. کم کم سکوت برقرار شد. جیرجیرکی دوپایش را بالا داده بود و شورانگیز می خواند. با کوچکترین حرکت پاهای بزرگ نیمروز، صدای ترک خوردن و جابجایی کف پوش های چوبی خانه بلند می شد. بادی ملایم پرده ها را جنباند. پنجره روی لولاهای خشک چرخید و غژ غژ صدا کرد و باز شد. سگان همسایه از هیاهو افتاده بودند. ولی چیزی طول نکشید که آرامش ناگهان جای خود را به صدای شلیک بلند تفنگی داد که شیشه های خانه ی نیمروز را شکست. گوش مخروطی نیمروز در اثر صدای انفجار باروت وز وز کرد. قلبش به طپش افتاد. روی پیشانی استخوانی و عضلانی اش عرق سردی نشست. پس از لحظه ای صدای افتادن جسمی فلزی روی

زمین آمد. صدای زوزه ای ضعیف و آه کردنی عمیق از سینه اش آمد. پیرمرد کـار را تمام کرده بود. راه نبودن هایش را با عمل انتحار مُدرنی هموار کرد. ماه ها قبل که یک روز نیمروز پیرمرد را اتفاقی سر راهش دیده بود، با هم درباره ی خیلی چیزها گفتگـو کرده بودند. پیرمرد پاشنه کش استیل عهد دقیانوسش را همیشه در جیب سمت چپ کت چاک دارش جا می داد. فانوسقه ی چرمِ شکارش که الیاف دوخته شده زوار لبه ی آن نخ نخ بیرون زده بود را دور تا دور کمرش بسـته بـود. روی سـگک فانوسـقه اش عکس مردی تفنگدار با عددی در زیرش همیشه به یاد نیمروز مانده بود.

همان روز که نیمروز را در راه پله ها گیر آورد، به مدت یک ساعت جوانک را پا در هوا به حرف گرفته بود. حقوق بازنشستگی اش را تازه پس از کسورات متعددش به تعویق انداخته بودند. حیفش آمده بود که عمر رفته اش برای خدمت به دولتـی قدرناشـناس سپری شده. می گفت در محلی که نگهبانی می داده حتی یک بار بـا اسـلحه خـودش اسیر شده و دوستش آن زمان که خدمت وظیفه پنج سال بود؛ از فرط ناکامی در عشق دختر سرهنگی ارمنی با اسلحه در حلقش شلیک کرده است.

نیمروز از سنگینی سرش خسته شده بود. بالاخره به این نتیجه نرسید که پس چه باید کند؟ آیا راه دیگر آن که در خانه منتظر بماند تا شاید کسی به کمکش بیاید و جریـان امور خود به خود به نفع او تغییر کند؟ این راه حل هم رد می شد. چون نمی دانست تا چه مدت می تواند دردش را دوام بیاورد. به دنبال ایده های تازه به همه چیز فکر کرد. از این وضع به شدت کلافه بود. توان روحی اش هر لحظه کمتر و عذابش بیشـتر مـی

شد. بدنش از عرق خیس شد. با زحمت زیادی که متحمل شد، پای عقبی اش را کمی به یک طرف حرکت داد و گردنش را تا نیمه بالا آورد. او قصد کرد از جایش برخیزد و خود را به میان مردم برساند. حتی اگر شده خودش را از پنجره به بیرون پرت کند. نیمروز بی وقفه از میان خون های ریخته شده ی بر زمین سنگینی جثه اش را روی دست های جلویی اش انداخت. شکم بزرگ و گُنده اش مثل قایقی بادی روی زمین غلطید. پاهایش را برای آن که تعادلش حفظ شود به صورت ستون هایی لرزان بر زمین سفت کرد. بعد از آن سر خود را بالا کشید تا راه خروجی را پیدا کند. مدفوع چسبناکی از بدنش تا روی زمین کش آمد. پررنج و ناتوان به طرف درگاهی خانه رفت. با اندک فشاری توسط سر بزرگش به چفت زنجیری و زنگ زده ی در آن را از وسط به دونیم کرد.

هیچ کس در راه پله ی ساختمان نبود. صدای رهگذران را وقتی از در ورودی آنجا می گذشتند شنید. خبری از بچه های بازیگوش نبود. پله ها را با قدم های سنگین و حجیمش به سختی یکی پس از دیگری طی کرد. زانوی پهنش لای نرده ی پاگرد پله ها گیر می افتاد و به یک طرف کج شان می کرد. او قبل از دیدن خیابان می توانست از دور بوی نامطبوع درختان چنار و تجسم واقعی سنگفرش های آفتاب خورده و نامنظم پیاده رو خیابان را حس کند. شیارهای پوست زیر شکمش از خون های مرده سرریز شده بود. با هر حرکت پایین آمدنش از پله ها قطرات تازه ی خون جریان می یافت. پایین رفت تا مقابل در اصلی ورودی ساختمان رسید. برای چند لحظه خیابان روبرویش را نگاهی انداخت. باد بازیگوش هوار می کشید و قفس کاسکویی که بالای

سردرِ حجره ی فرش فروشی آویزان بود را در خیابان انداخت. ماشین ها از روی سبد پیرزنی گدا به سرعت رد شدند. ابرهای بارانی از سمت افق، سیاه و غلیظ به طرف شهر در حرکت بودند. مانند این که لشکری از کلاغ هـا هجـوم آورده باشنـد. زمـان مثـل زمستان‌های برفی سرد به کُندی می‌گذشت. نیمروز با ابزار تأسف از وضعیت موجودش علناً وارد خیابان شد!

لخته های رنگ سوخته ی خون زیر پاهای پهنش منقبض شده بود و زخمـش بیـش از پیش دهن باز کرد. باد سرد به دردش سوزن می زد. قطرات گرم اشک هـای نیمـروز یکی پس از دیگری تا زیر غب غب گوشتی و کلفتش سرازیر می شد. تعدادی با دیدن حیوان غول پیکر سراسیمه فرار کردند. بغض نیمـروز ترکیـد و نالـه‌هایـش بـه هـوا برخاست. از منظر رهگذران صدایش چیزی شبیه عرعر کـردن خـر بـه گـوش شـان می‌رسید. کسانی که او را می دیدند با برخاستن صدای نیمروز از حنجـره اش بیشتـر می خندیدند. پاهای بی‌رمقش توانایی نگه داشتن جثه اش را نداشتند. نیمروز سـرش گیج رفت و نقش بر زمین شد. با افتادنش این بار صدای خنده‌های مـردم در روشنـی روز بر نیمروز آشکار شد. او با اندک توان خود هنوز گریه مـی‌کـرد. اشـک در خـون غلیظش در هم می‌آمیخت. بغض‌ها در گلویش رنج های متنوع و میل به گریه کـردن را افزایش می داد. در فاصله ی کوتاهی باران به آرامی شروع به باریدن کـرد. لبـاس هـا وکلاه ها عابران، و زمین ها و کشتزارهای شهر را خیس و گلی کرد. قطرات ریز بـاران پس از برخورد با زمین در چشم نیمروز احساس خنکی داشـت. عـده‌ای از صحنه ی مصیبت بار پهن شدن تپاله ای گوشت و خون حال شان بهم خورد و روی بدن بی جان

۱۲۰

حیوان تُف کردند و رفتند. تعدادی هم با وقوع بارش بی‌هنگام باران لباس‌های پشمی خود را بیشتر به دور خود پیچیدند و صحنه را ترک کردند. مرد جوانی زن گریانی را به زیر چتر خود دعوت کرد و هر دو با چتر مشترک شان طول خیابان را قـدم زدنـد واز نظرها ناپدید شدند. بچه ها گریختند و عابران با تند شدن بارش باران هـر یـک بـه سویی دویدند و پراکنده شدند. از آن همه تنها زنی جوان که در چشمان خیس و پر از اشک نیمروز خیره مانده بود ایستاد. زن مانتوی چرم خردلی یک دست چروک و کفش نیم بوت مشکی که ساق های باریک پایش را در هم می فشرد به تن داشت. با این همه به قامتش اشرافیتی متجاوزانه بخشیده بود و بی اعتناء به همه چیـز نیمـروز را نگـاه می‌کرد. نیمروز هم نگاهش بی حاصل به قامت راست و گونه‌های برآمده و چشم هـای کوچک زن در پشت تور مشکی روی صورتش ثابت مانده بود. باران دیوانه‌وار ضـربات خود را روی پوست حیوان می‌کوبید. کم کم تگرگ هم بارید و صدای شلاق زدن شـقه های یخ روی بدن نیمروز دل زن را به درد می آورد. جریان آبـی کـه از جـوی عمیـق خیابان لبریز شده بود، آشغال های سبک را با خود به زیر بدن جانور نیمه جان هدایت می کرد. آب گل آلود سوراخ های گوشش را مسدود کرد. موش فاضلاب بزرگی پوزه ی سیاه و سبیل درازش را به پاهای نیمروز می مالید. میخچه ی شکفته ی کف پایش را از جایش کند و ساق های گوشت آلود نیمروز را با دندان های تحتانی تیـزش جویـد و از استخوان تراشید. کرکس ها و کلاغ هایی که دورتر بر فراز پشت بام ها در پرواز بودند، تغییر جهت دادند و بالای سر حیوان در حال نزار حلقه ی متهدی ایجاد کردند. دایـره وار در ارتفاع کمی تا سطح زمین بالای سر طعمه شان چرخیدند و آشوب به پا کردند.

نیمروز بدون هر حرکتی روزهای قابل پیش بینی‌اش را با خود مرور می‌کرد و توانست به همه چیز فکر کند.

سطح سرد خیابان پوست چند لایه‌اش را یخ زده و بی‌حس کرده بود. او با خود فکر می‌کرد که می‌تواند به همه اتفاقات در اطرافش عادت کند. حتی از نداشتن کسی که روحش را می‌آزارد. حتی اگر برای همیشه درختان و هوای شهرش را نبیند. مادر و مادربزرگش، رفقای قدیمش، اتاقش و تابلوی نقاشی دوستش، و شاید چهره ی تکراری خودش را در آیینه ی رختکن. او دنیا را دوست داشت، اما نه در هر تن و جسمی که نیمروز را به شکلی مخصوص درآورده باشد. او تخت فلزی اش را هم دوست داشت. حتی دلش می خواست نهایتاً روی آن کجاوه بمیرد. دلش در آن آخرین نفس ها برای وسایل خانه اش تنگ می شد. کاش همه ی آن اجناس را با خودش یکجا به خاک می سپردند. تمام وسایلی که به او تعلق داشت. او حتی دلش می خواست که کامیلیا را هم با خودش به قعر گور ببرد. گل های خشکیده ای که روزگاری برای هدیه ی تولدش دریافت کرده بود را روی لاشه اش واژگون کنند. او می خواست تمام خواستنی های این دنیا را با خود ببرد. نیمروز عمیقاً عاشق بود. عشق به زندگی، خانه، دشت هایی که سراسر پوشیده از گل بود. عشق به شب های تابستانی که صدای کولرهای گازی بوی سبزه های کپک زده ی کویر را می ساخت. عشق به بازگشتش در مسیری هفتاد کیلومتری پس از قهری چند ماهه با کامیلیا. عاشق آن درخت گل کاغذی که شاخه هایش از روی دیوار بلند مدرسه شان بیرون زده بود و عاشق کسانی که در بازآوری اش به این جهان نقش داشته اند. ولی متنفر از کسی نبود. پای کسی را در میان

مناقشات ذهنی اش باز نمی کرد. شاید نیمروز بیمار و حالش هیچ خوش نبود، امـا نـه مثل روزی که سیگارهای پدربزرگ خُمارش را دزدید و کشید و مَنگ شد.

زن و باران هنوز در کنارش باقی ماندند وحالا با او در نمایش تحـول ابـدیش از جملـه تماشاگران نزدیک به صحنه بودند. نیمروز چشم های نیم باز و بسیار کم سـویش را در نگاه معلق زن گره زده بود. زن به او کمک می‌کرد تا خاطرات مرده‌اش را بـالا بیـاورد؛ درست روی تمام حس امیدوارانه‌اش و بودن‌های تکراری اش... یادش بـه روزی کـه از فراق ندیدن کامیلیا تب کرده بود افتاد. یادش آمد که یک بـار بـا دروغ نـزد مـادرش اعتراف به نداشتن هیچ عشقی کرده است. اما چه بیهوده! دوباره بیاد دسته گلـی کـه زن پرستار بالای تختش جا داده بود افتاد. نیمروز نه دیگر چیزی را مـی شـنید و نـه دیگر کسی را می دید. پس از آن کوری و کری مفرط، دایره ی شـیری بـار دیگـر بـه سراغش آمد تا شکلش را شبیه همه چیز کند. بازوهای ستبر نپتون از عمق اقیـانوس ها بیرون خزید و روی سر نیمروز در هوا چرخید. دور گردن حیوان حلقه شد و گلویش را آن قدر سخت درهم فشرد تا عاقبت نیمروز بی شرمانه شیری کـه مـادرش هنگـام طفولیت در جانش تراویده بود را بالا آورد و استفراغ کرد. پایان

شب زُفاف

رضاکرمی

آقا بزرگ یا همان حاج احمد، چهار زانو توی اتاق نشیمن، کنار منقل پر از زغال لیمو چندک زد. با انبر سرسوزنی، روی تنباکوی دخترپیچ نم دارش آتیش برشته ی تازه نفسی بار گذاشت. دماغش را پس از اینکه در دستمال مشبکی فین کرد، تنکه ی سفید و چرک گرفته اش را از زیر لباده ی کهنه اش بالا کشید و جای نشیمن گاه اش را سفت تر کرد. گفت: آره مش رجب... یادش بخیر دوران بچگی مون. چه بازی ها که نمی کردیم. همون بهتر که اهل تهرون نیستی و توی این خراب شده موندگار نشدی! وقتی دماغش رو خالی کرد، نوکش مثل لَبو خون جمع کرده بود. آره برادر؛ گوشه گوشه ی تهرون هرچه بخوای مثل آب خوردن پیدا می شه. یه مشت مأمور چاق و باج گیر. کوچه های تنگ آشتی کنون و تاریک. تیر برقای چوبی که دل شیر می خواد بهشون ناخن بکشی. جوونای خمار سر کوچه. لات های زورگیر بچه باز. پیرمردای گدا و علیل. موش های فاضلابی که یک گربه ازشون می ترسه. بچه های بی تربیتی که رو در روی باباشون به دخترای مردم متلک می اندازن. ننه های درب و داغونی که غم پسرای معتادشون رو می خورن. بازاریای هوچی و چشم هیز. دخترای چاقو کش و سلیطه. از خونه هاش نگم که وقتی بارون می آد سقفاشون میشه عینهو آبکش. یه زور خونه هم داره که عصرها چند تا پیرمرد فکسنی، دَمبل های چوبی عهد عتیق شون رو

بر می دارن؛ لخت و پا پتی وسط گود زورخونه بالا و پایین می پرن و یاد ایام جوونی شون می اُفتن. آخر سر هم با یه کمر جا در رفته و یه پای چُلاق، بر می گردن گوشه ی خونه هاشون. چند تایی از اهالی محل هم مع الواسطه حکم مدعی العموم شهر رو دارن و چپ میرند، راست میرند، نکیر و منکر می کنن. اما از طرفی جلوی رییس شهربانی چاکرم، نوکرم می کنن و آدم لو می دن. هر کوفت و زهرِ ماری که تصورش رو کنید توی بلادِ رنگارنگ ما گیر می آد و پیدا می شه. جوون هم جوونای قدیم. نه این الواتای بی نماز از خدا بی خبر که صبح تا شب به نوامیس ملت دست درازی دارن و از زور بیکاری عملی می شن. این جماعت آتش بی بادن برادر!

تابستون و زمستوناش کوچه های شهر ما بوی گَند گوهِ بچه هاشون، که از سوراخ زیر درِ خونه ها شُرشُر بیرون می زنه رو می ده. هرروز صبح الطلوع، یه وانت هندونه و سبزی خوردن، جلوی خونه ی پروین خانوم اینا که شوهرش تازه مرده پاتوق می کنه و سر بلندگوش رو می ده طرف خونه ی بیوه ی کربلایی خیرالله! دیگه برای همه عادی شده که مراد دربه در، خاطر خواه اون زنه ست. همون آکِله که پنج شنبه ها چادر چاقچور می کنه و میره گرمابه زین الدین. همون گیس بریده که زنبیل اش رو مفت و مجانی واسه اش پر می کنن و سر تا پاش رو حنا می بنده و فقط بیست سال ناقابل از شوهر خدا بیامرزش- الهی نور به قبرش بباره- جوونتر می زنه. یه مسجد قدیمی هم توی محل داریم که یادگار شاه شهیدِ. آخر همون گذری که به قبرستون گوهربانو ختم می شه. محل تلاقی پیرمردا و زنا و مردا و پیرزنا و یه سری مسافر بی جا و مکانه که روی زمین دراز می کشن تا با اتوبوس فرداش راهی دیارشون بشن. همه روزه بساط

منقل و چایی و فنجونای بی دسته و سفید قهوه‌ِ به راهه. قلیونای گردن دراز یکی پشت یکی دیگه چاق می شه و دود میده یه عالمه! روزایی هم که مراسم ماه محرم توی اش برپا بشه، از پیر و جوون و حتا لات و لوتای محله هم کمک می کنن. می شه گفت همبستگی اهالی بیشتر می شه و کوچیک تر به بزرگترش احترام می ذاره.

نمونه اش همین نصرت کله ی خودمون بود، که همچین روزایی یادش اومد توبه کنه و به خودش نهیب بزنه که ای داد و بیداد از جوونی و جاهلی... یارو یه پاش وسط شرّ و دعوا بود، یه پاش هم توی تکیه های سینه زنی! حالا مردک جوری سیاه پوش می شه و طَبَق امام حسین روی سرش می گردونه، که یکی نفهمه استغفرالله فکر می کنه؛ آقام ابوالفضل داداش بزرگش بوده. اگه یادت باشه یه مدت در جریان نزاع آذربایجان و توده ای ها، تفنگای هر دو طرف را خود ملعونش قاچاق می کرد و مزدورِ اون منطقه بود. بعد از ختم غائله ی آذری ها میره سمت معترضینی که بازار می بستن و آشوب می کردن. خلاصه هر جا آش بود، حسنک فراش بود. الحمدالله اهل زن و عیال و مسئولیت پذیری هم نبود و نیست. شما نشنیده بگیرید! حتا یه بار چو افتاد همین نصرت کله، توی آب انبار قدیمی پشت بازارچه ی سیداسماعیل، با پسر خُل و چلِ میزا پیروز، استغفرالله عمل شنیع می کردن! آره بابام جان... حالا نبین اسمش رو از نصرت کله کرده آسید مصطفی و جا نماز آب می کشه و یه جماعت به سیاهی لشکر یزید عقب اش سینه می زنن و شده پیش نماز مسجد گوهرشاد. باور بفرمایید فرخ پسرم- که الان در مملکت فرانسه درس می خوانه- در اثر راپورتای همین آدم مُفت خور و ایادی اش، تا هشت ماه محبوس زندان لشکرک بود. قسم به جان اعلی حضرت که می

خواهم دنیا بدون آن نباشه، اندازه ی هیکلش ریال و مسکوک باجِ سبیل رشوه دادم تا آزادش کردن. البته ناگفته نمانه که بنده زاده هم شیطنت کرده بود و با اسم مستعاری، توی روزنومه پیک سحر، یه مقاله ی بلند بالا نوشته و به ذات اقدس همایونی نسبت فرنگیِ الکلی داده بود. گفته که قراره ایران رو پایتخت عیاشی و عرق خوری دول دنیا کنه. عن قریب است که سنگای تخت جمشید رو جای بدهکاریاش به دولت روسیه هبه کنه. راستش را بخواهید برادر، باید هم باج بده! آدم بستانکاریش به مردم رو یادش میره، اما بدهکاریش رو نه.

مش رجب پاهاش واریس داشت و دو ساعت تمام یک جا چهارمیخ نشسته بود. وسط حرف های حاجی در حالی که به دو بالشت پَرِ قوی ترکی یله داده بود، از جایش بلند شد که استراحتی کرده باشه و نفسی تازه کند. حاج احمد وقت را غنیمت شمرد و گفت: حالا نهار در خدمت بودیم مش رجب. کجا با این عجله؟ مگه خدایی نکرده سوار پشت سرتان است؟ ضعیفه یه پاتیل دوغبا بار گذاشته... دو پیاله ی آب اضافه تر آدم رو که نمی کُشه! دنیا هم که به آخر نمی رسه! حالا بعد از عمری همسایگی بر ما منت گذاشتید و تشریف آوردین.

انگشت زهگیر مش رجب رفت توی چشماش و گفت: از لطف شما ممنونم. نه دیگه مزاحم نمی شم. غرض عرض سلام و ادب بود. راستش باید زود برم. والده ی عیال، تازه از مریض خانه ی آریا مرخص شده و به همین خاطر هم اومدم تهرون. اینه که میرم عیادتش و پس فردا هم برمی گردم کرمانشاه.

حاجی ساق پاهای کُپُلش را از زیر یکی به زیر یکی دیگر جای داد و گفت: نخیر مشتی؛ عرضی نیست. انشاء الله که خدا شفای عاجل به همه ی مریضان و درمانده گان عنایت فرماید. مش رجب کفِ دست هایش را به صورتش مالید و گفت: آمین. بعد چین خوردگی شلوارش را از وسط ران هایش بیرون کشید، پاشنه ی گیوه اش را بالا کشید و رفت.

-اصغر بیا این قلیون رو ببر، دارم چوب می کشم. سقط بشی هی...

اصغر سگرمه هایش را درهم کشید و بدو بدو آمد جلو و تعظیم کرد. قلیان را از حاج احمد قاپید و برگشت. با سرپنجه ی پایش در را باز کرد و دوباره با پاشنه ی ترک خورده اش بهم کوبید. صدای غُرغُر کردن هایش تا توی نشمینی که حاجی نشسته بود، می آمد.

وقتی اصغر با قلیان چاق کرده برگشت، رنگ رخساره اش، مثل زردچوبه پریده بود. بوی زغال برشته روی تنباکوی زرد و نم دار کل حیاط را برداشته بود.

حاجی پرسید؟ اصغر چته؟ چرا قیافت مثل آدمای جن دیده شده؟

اصغر مرد میان سالی بود که حکم یکی از فرزندان حاجی را در خانه داشت. از کودکی خودش و پدرش که اصالتاً از سیدزاده گان منطقه ی اسماعیلی بودند، نوکریه حاجی و عیال متعلقه اش را کرده اند. بعد از فوت پدرش دیگر به دهات شان عمل آباد سفلی بازنگشت و شد خانه زاد ایل و تبار آقا بزرگ یا همان حاج احمد که از تصدقات اغنیایی و عنایاتی که به سادات داشت، اصغر و زنش را نان و آبی و جایی داده بود.

اصغر زیر لبش آهی کشید. اشکی از وسط ریش جو گندمی اش قل قل سرازیر شد. دماغش را بالا کشید و گفت: مائده زنم! مائده... مائده مادر بچه هام از دستم رفت حاجی.

حاجی ترش کرد و داد زد: مائده چی؟ مُغر می آیی یا به حرفت بیارم؟

-ناخوشه آقا! نیاز به دوا و درمون داره. دیگه نمی توانه به بچه شیر بده. جای شیر خونابه می آد بیرون آقا. خودش می گه توی سینه اش یه قُدّه اومده بالا اندازه ی کوفته! می خوان عملش کنن. طبیب هست، خودش هم آماده ست، من هم می خوام که علاج بشه؛ اما... اما آقا پول عملش نیست. بخدا، به مکه ای رفته اید، دیگه نمی دونم چه باید می کردم و نکردم؟ به هر کسی که رو انداختیم فایده نداشته.

اصغر به درخت توت سفید زُل زد و گفت: تخم و ترکه ی ما رو از آزل توی بدبختی کاشته ان آقا. هرچی می کشیم از این خاکدون لامسب می کشیم!

حاجی روی زمین تف کرد و با اوقات تلخی گفت: حالم رو بهم زدی مردک ابله! مگر نمی دانی وقت نهار است؟ خونابه دیگر چه صیغه ایست؟اه... شما دهاتی ها چه حاجات که ندارید. حتماً زیادی در این خانه می لمباند! تقصیر خودته. می گم نباید زن رو پررو کنی، واسه خاطر همچین روزایی! حالا تحویل بگیر شازده. از بس لی لی به لالاش گذاشتی. سر برج که می شه دو دستی مواجبت رو تقدیمش می کنی. اگه توی همون دهات شون مانده بود و خرمن جالیز می کرد، حالا قدر عافیت رو بهتر می دونست. تازه دستت رو هم ماچ می کرد و هرروز به یه بهانه جیبت رو خالی نمی کرد، آقای

هالو! اصلاً از کجا معلوم که راست می گه و کلک نمی زنه اُلاغ! اگه اختیارش دست من بود می دونستم چکارش کنم! قدیمیا گفتن: زن جماعت، یار و رفیق شیطونه... تا نباشد چوب تر، فرمان نبرد گاو و خر. آره بابام جان.

اصغر لبش را گاز گرفت و در دلش خودش را سرزنش کرد که چرا به حاجی رو اندخته! بدون اینکه حرفی بزند برگشت به زیر زمین. کنار راه پله، زیر پنجره ای که از حیاط آفتاب داخل دَخمه اش پهن می شد، چمباتمه زد. سرش را به دیوار آجری زیر زمین تکیه داد و رفت در فکر دروغ هایی که زنان، با آن شوهران شان را مطیع خود می کنند.

صدای حاج احمد مثل بلندگو در صحن خانه پخش می شد که می گفت: زن را باید به ترکه بست. اصلاً توی شرع و فقهِ امامیه آمده که ضعیفه ی ناشزه رو ابتداعاً تذکر بدهید، وگرنه چنانچه سعی بر تمکن افاقه نکرد، در حد متعارف می توانید تأدیب اش کنید. مشروط به این که آثارش بر بدن باقی نماند. حالا اگه روی کلمه حد متعارفش تأکید کرده اند، نه برای یکی مثل مائده زن اصغر جواز داده شده، یا حتا مثل سکینه، عیال متعلقه ی خودم! خاصه ایشان رو شرعاً بایستی فلک کرد! خدا هم راضی تره... مگه تمومه جنگای عالم سر زن نبود؟ مگه کلوپاترا توی مصر بلوا نکرد؟ مگه عایشه زن پیغمبر نبود و جگر رسول الله رو خون نکرد؟ مگه مهد عُلیا میرزا تقی خان رو هلاک نکرد؟

ظهر بود. بوی پیاز سرخ کرده و سیر از توی مطبخ خانه، دماغ حاجی را مور مور کرد و به عطسه انداخت. منیژه دختر کوچیکه ی خیرالنساء و نوه ی آقابزرگ، که تازه یازده ساله شده بود، در حیاط دور حوض و لای بوته ها و پشت درخت توت پیر سفیدی که حاجی با دست های خودش آن را کاشته بود، بازی می کرد. حاجی از پشت پنجره ی مشرف به هشتی، دخترک را دید که بدون روسری و جوراب بلند که بتواند کشاله های ران های نحیفش را بپوشاند، در پاشویه ی حوض آب بازی می کند. ماهی های در آب به انگشت های پاهایش نوک می زدند. منیژه با شاخه ی درخت توت، لجن های روی آب را کنار می زد و با خودش شعر می خواند.

ستاره امشب، کسی ندیده،

مگر ستاره کجا رمیده

مه آرمیده، رنگش پریده

ابر سیاه رو به سر کشیده

چشمای ابر سیاه پر آبه

می خواد بباره، دلش خرابه

کو یک ستاره در آسمونم

بختم سیاه، خودم می دونم

بنال ای نی بنال امشب به آوای جدائی

بگو با یار بی مهرم که دور از ما چرائی

رویم ای دل به تنهائی که رنگ غم ندید

به دنیائی که رنگ حسرت و ماتم ندیده

حاجی با عصبانیت گفت: دخترِ ور پریده، مگه نگفتم خونه ی ما مثل دروازه می مانه. هر وخت و بی وخت ممکنه یکی از در بیاد تو... می خواین آبروی چندین و چند ساله ام رو ببرین؟ می خواین ملت بگن که حاج احمد توی خونه اش کشف حجاب کرده؟ حالا اون مرتیکه ی قُل چُماقِ هم یه غلطی کرد! ما که نباید گوش به حرفای یه آدم مفسد بدیم. اگه اون قلدر شرف و ابروی مملکت رو می خواست، نمی رفت دیار ترکای عرق خور که ما رو هم مثل آتاترک نوکر امپریالیست مون کنه. چوخه رو از بختیاری بگیرن و به جایش کت و شلوار فلامینگو بدهند! از ناموس مان چادر و روبنده رو بگیرن؛ به جاش ماکسی و سارافون بدهند و سرشون کلاه فرنگی بزارن. هم قسم شده اند تا خونواده ها رو نابود کنن... می خوان زن و مرد، عین ممالک اروپایی برابر بشن. شما چرا گوش می دین بابام جان؟ می خوان بی بند و باری راه بیاندازن و کل امور مهمه کشور رو بسپرن به اختیار زنا. کم کم تا یه وقت دیگه مسجدا رو باید رقاص خونه ی اجنبی و بچه قرتی های اون ورِ آب کنیم.

حاجی کمی راست تر نشست، بادی در غب غب انداخت و دست هایش را در هوا تکان داد و سینه اش را پس از اینکه صاف کرد، گفت: آقا افتخار می کند که راه آهن کشیده و دانشگاه براه انداخته. چند کیلومتر راه درست آسفالته توی این مملکت نیست، آن

وقت آقا می خواهد اتوبان درست کند. ماشین دودی ها را دو برابر می کند. با دول استعماری مذاکره می کند. آن پسر کودن اش را هم به اجنبی ها سپرده که فن و فوت درباری یاد بدهند. آخه بابام جان، یه کم عاقل باشید و اخلاق اسلامی در پیش بگیرید. به جای این همه بریز و بپاش که فرضاً یک نفر دهاتی می خواهد از تهرون به حضرت عبدالعظیم برود، خب چه اشکالی وارد است که با همان الاغ و قاطرش به مقصد برسد؟ مگه قبلاً سوار طیاره ی اخوین رایت می شده که پایش روی زمین بست نمی شود و حالا باید قطار برانه. اصلاً شما جواب بدهید؛ چه اشکالی دارد؟ واجب کفایی که نیست. حرام خدا حلال خواهد شد؟ یا ایشان از معصومین علیه السلام است که بُراق می خواهد و یک شبه غیبش بزند و در اورشلیم حاضر شود؟ اصلاً می خواهیم که ملت صد سال سیاه در دانشگاه چیزی نیاموزند. گشنگی نعمت بزرگی ست. خلق الله قدر و قیمتش را نمی دانند... مع الوصف مجبورشان می کند تنی به کار و تلاش بزنند و از این تنبلی تاریخی قدری خارج شوند. تا آنجا که علمای معزز به آن پرداخته اند، تعالیم مبانی اسلام تنها به قرآن منحصر بوده و حِرَف معاش مومنین، منحصراً در اطاعت از ولی امر مسلمین متبلور است. بقیه ی امورات دنیوی و غریزی را که حیوانات هم بهتر از ما انجام می دهند! به حمد پروردگار نایبش که باشد، ارزاق ملت در یک چشم برهم زدن سر سفره شان حاضر است. شما خود قضاوت کنید. در کدام ممالک سراغ دارید که نعمات الهی همچون ثمرات باغ عدن، روی سر امت خراب شود و آن قدر تناول کنند تا دل شان را بزنند؟

در حینی که حاج احمد منبر رفته بود و مانند واعظی خردمند بلند بلند سخنرانی می کرد، ناگاه صدای بهم خوردن درگاه خانه آمد. حاجی به خودش آمد و مواضع اش کلهم اجمعین عوض شد و جانب محافظه کاری در پیش گرفت و گفت: همین کارها را می کنید که اعلی حضرت، رضاشاه کبیر چوب به پشت تان می زند. آدم درس زیادی بخواند که چه بشود؟ خرج کتاب و دفتر بکند و یک عده استاد جاهل و لامذهب مجاناً بدون اینکه کار شاقی کرده باشند مواجب بگیرند که چه بشود؟ درس زیاد مخچه را آب می کند. آدم را از راه بدر می کند. هرچه بیشتر در کار خدا مداخله کنید دیوانه تر می شوید. هر چه که بوده تا آخر دنیا همین است، و لاغیر. حالا یک مشت حرامزاده پیدا شده اند و شجره نامه از زیر خاک استخراج می کنند که ایرانی عاقل باشد بهتر است تا زاهد باشد. همان بهتر که محمدعلی شاه روحانیت را یکدست گردانید تا مجلس عوام به مجامع علمای اسلام تبیین شود. شعار همان است: «ما قرآن می خواهیم، مشروطه نمی خواهیم». همین پسر دولت خاطون خودمان که تازه از فرنگ درسش را تمام کرده و برگشته؛ ببینید چه برسرش آمده... مانند دیوانگان دارالمجانین شهره ی عام و خاص کرده خودش را. عادتش تغییر کرده و به جای موالِ خانه در گلدانی سفیدِ و شلنگ دار، آنهم بلانسبت در اتاقش قضای حاجت می کند. به جای اینکه با قاشق برنج را بخورد، با کارد و چنگال غذای به این خوبی را تناول می کند. استغفرالله نان بربری را با قیچی می بُرد و کفران نعمات می کند. زبان مادری اش را پاک فراموش کرده و مانند غاز بَغ بَغ می کند و ادای فرانسوی های پنیرخوار را در می آورد. این ها نشانه ی چیست، نه اینکه آخرالزمان نزدیک است؟ یار یار نمی خواند که

مملکت همان جور که همیشه بوده بماند؟ عقل هم که خدا به آدم داده باید به کارش انداخت بابام جان. مکتب خانه ها که تعطیل شد جایش رو دانشگاه و هنرستان گرفت. راه های مال رو و بادگیرهای یزدی رو خراب کردند، جایش خیابان و عمارت چند طبقه ساختند. پدر صاحب یکی مثل من هم باید دربیاد، تا بتوانم مخارج فرخ را در فرنگ بدهم. من که می دانم اهم واجباتش را آن جا دارد با مادام های فرانسوی، جُفتک و سه چارک بالا می اندازد! خودش را که بُکشد و بخواهد یادی از ابوی حلقه بگوشش کند، یک نگاره ای چیزی از آبکنارِ بندر نیس، با آن محوش های ورپریده اش به آدرس حجره مراسله کند و بس. امیدوارم مملکت فرانسه و کل فرنگ ستان یک جا نیست و نابود بشود، انشاءالله تعالی. خب ببینید که اگر یکی مثل فرخ پسر من، به جای این همه مخارج تَلمُذ فرهنگ اجنبی ها، مفت و مجانی فرستاده بودم اش نجف اشرف چه خوب می شد؟ حالا آقا برای خودش دفتر و دیوانی داشت و محضر داری چیزی می شد. من که به آینده ی این دولت و کشور امیدی ندارم. اما از از من به شما نصیحت؛ تمدن و فرنگ وارداتی، ایرانی را مست می کند. یه عمر تقلید کردیم. حالا ببین تا به کی ما در پیِ نان و نان از ما گریزان است؟ (در این حال بواسیر حاجی سوزش داد و آه ناله اش به هوا خواست) آخ.... اوخ... سوختم، آتیش گرفتم. تا انشاالله به درد من گرفتار بشین، و این همه پیرمرد رو آزارش ندید.

اصغر مثل این که زلزله آمده باشد، با شنیدن نعره های حاجی از زیر زمین خانه بیرون پرید. منیژه پا به فرار گذاشت. در حاجی توی اتاق نشیمن، متکای چاق چلّه ی پشت سرش را در بغلش فشار می داد و به اصغر گفت: حقّته که جای اون دختریِ ورپریده تو

رو فلک کنم. مگه نگفتم باید حواست به همه چیز باشه؟ حتماً باید چوب باشه تا آدم شین؟ والا فکر نکنم با این چیزا هم آدم بشین! ما رو باش که استخوان رو پیش گاو و کاه رو پیش سگ انداختیم. می دانی که این دختر - منیژه را می گویم - تازه استخوان ترکانده و شور نوجوانی به سرش آمده. اگه یه باره دیگه بدون روسری جلویم ظاهر بشه، اول از همه تو رو ادب می کنم... بعدش هم اون مادر سرخوشش رو که حواسش پیِ عشق گُمشده اش رفته! می بینی که دخترک صاحب نداره. مرتیکه معتاد شیره ای اگه غیرت داشت، زنش رو سه ماه آزگار ول نمی کرد ورِ دل من به امون خدا. نمی گه که دخترش باید به جای بابابزرگ، بابا داشته باشه. نمی گه زنش شووَر می خواد! نمی گه ضعیفه مثل یه بره وسط گرگاست! آخه من به چند نفر بگم صیغه نمی شه؟ بی پدرها بگین، اصلاً منِ بدبخت چه جوری باید دو نون خور اضافه و خرج ده سر عایله رو هر ماه بدم؟ حالا اومدی دیر یا زود من سرم رو گذاشتم زمین و مُردم! عمه جانش می خواد مواظب شان باشه؟

مدت ها حاجی از مرض بواسیر رنج می کشید و تنها وقتی شروع به قدم زدن می کرد، حالش کمی بهتر می شد. اغلب اوقات، ناخوشی کاری به سرش می آورد، که شبانه به کوچه ها می زد. اما از آنجا که چندان اعتقادی به درمان های علمی نداشت، هرکسی را که نصیحتش می کرد تا به پزشک برود، ملامت می کرد. یا بادی در غب غب می انداخت که طبیب حقیقی خداست و دردی را که داده، خود نیز خواهد گرفت. اما چند روز بود که درد امانش را بریده بود و فکری کرد. شبانه به محله ی کلیمی های پشت مسجد، و پاتوق های شراب فروشی آن حوالی رفت. لباس مبدل پوشید و در کوچه

های تنگ و تاریک، چپ و راست شد و از ترس جن صلوات می فرستاد. حاج احمد وقتی وارد محله ی کلیمی ها می شد، دماغش را می گرفت و به هیچ چیز دست نمی زد. چون عقیده داشت، کافر نجس است و با یک دریا آب زمزم هم حلال نمی شود، چه برسد به اینکه با آنها دست بدهد یا هرگونه معاشرتی داشته باشد. برای همین قبل از رفتن به آن جا، رو به روی قبله نشست. زعفران را در آب جوشیده حل کرد، و نوک قلم نی را تیز تراشید. قلم نی را در مرکب زعفران زد و بعد با خط ثلث خوشی، پشت یک برگ، که فاکتور خرید چایی از کمپانی هندی تبار طرف معامله اش بود، دعای دفع چشم زخم و بلا و آفات را نوشت. من حیث المجموع، خیالش بابت مکر شیاطین و سحر و جادویی که ممکن بود از غیر مسلمانی ساطع گردد، کمی راحت شد. دو رکعت نماز حاجت خواند و با خشنودی و آسودگی که در کنف پناه خداوند قرار گرفته، دعای نوشته را مربعی تا زد. تعداد دو بار به پیشانی اش چسباند و بوسید، و پس از آن در لیفه ی بالای تنبانش مخفی کرد. می گفت: چنانچه انسان بتواند از شر اجنه ها رهایی یابد، از شر انسان دوپا محال است فرار کند! مگر با دعایی که در کتاب مهج الدعوات، ابن طاووس از پیغمبر اسلام نقل کرده: بسم الله الرحمن الرحیم لا اله الا علیک توکلت و هو رب العرش، و ما لم یشاءُ لم یکن اشهد ان الله علی کل شی قدیرٌ، وان الله قد احاط بکل شی علما، اللهم انی اعوذبک و من شر نفسی و من شر کل دابهٔ انت اخذ بنا صیتها ان ربی علی صراط مستقیم. اما حاج احمد برای مباحثه یا مناظر درباره ی شرعیات و احکامی که برتری مشی تشیع بر نماز پیروان کلیم الله را متقن می سازد به آن جا نرفته بود. خاصه اینکه حوصله ی مجادله با جماعت کفار را نداشت. حتا شراب

نوشیدن با آنان را، آتش ریختن در حلقوم مسلمان می دانست. دلیل واضحی که او را برای چنین کاری وامی داشت، یک چیز بود، بواسیر! مرضی که سیاهرگ های راست لوله، نزدیک مقعد را متورم می کند و دردی جانکاه، بلادرنگ وجود آدمی را در بر می گیرد. مقعد شکاف می خورد و مثل حاج احمد که از عطش و سوزش مدفوع مقبوض، در لگنی پر از آب گرم قضای حاجت اش با خونابه صورت می گرفت. اما در بعض مواقع درمان های خانگی هم افاقه نمی کرد و ناخوشی و بدخلقی به سراغش می آمد. در این حالت استمدادش از ستار العیوب کفایت نکرده و تصمیم گرفته به حشاشین متوسل شود. حاجی در حالی که سعی داشت چهره گلگون و گُر گرفته اش را از همه پنهان کند، خود را به خانه ی دوست قدیمی اش حاخام رساند. این حاخام اصالتاً یزدی بود، ولی بزرگ شده ی تهران و به قول خودش تیپاخورده ی روزگار. کسب و کارش ساقی گری و منگ کردن خلایق بود. هرکسی حشیش می خواست، جایش خانه ی حاخام بود.

وقتی حاجی پس از چند بار که دق الباب کرد، عاقبت مردی حدود پنجاه ساله و سرحال، از دور مهمانش را فرا خواند، و مُغر آمد. حاجی با تعارف حاخام، که صدایش به او شجاعت می داد، درگاه چوبی خانه را تا اندرونی به سرعت پیمود. حاخام پاهایش را زیر کرسی کرده بود و دختر کوچک اش روی ران های پدر، وا رفته بود. حاج احمد سلام کرد و حاخام با دیدن دوست قدیمی اش جا خورد و سرپا ایستاد. دکمه ی غیبی یقه اش را بست و از عقب نشینی حاجی در سلام و احوال پرسی، دریافت که دست

دادن با او جایز نیست. فقط با خوش رویی حاجی را در بالای اتاق جا داد و پشت سرش کلون در را چفت کرد و حصیر آفتاب گیر را پایین کشید، تا کسی نبیند.

حاخام گفت: چه عجب مرد خدا! یادی از فقرا کردین؟ آقا بزرگ! سرحال به نظر نمی رسی؟ اتفاقی افتاده این موقع شب؟

حاجی: ناخوشم حاخام. ناخوش... این درد لعنتی کاری به سرم آورده که زندگانی در نظرم تیره و تار شده.

حاخام: شما دیگه چرا از روزگار می نالید؟ شما که خود محلل و مسکن درد مردمید؟

حاجی گوشه ی تنبانش که در راه گلی شده بود را با دست تکاند و گفت: آسوده کسی که خر ندارد، از کاه جویش خبر ندارد. آسایش را بر خودمان حرام کرده ایم و همه اش به فکر مردمیم. قدر که نمی دانند. بستر عافیت اش برای ایشان است و رنج و مرض لاعلاجش نصیب ما.

حاخام: هنوز درگیر مرض بواسیری؟ بهتره یه فکری به حالت کنی. تنها پزشکی حاذق راه درمان است و چاره ای برایتان نمانده.

حاجی با گوشه ی چشم بهش نگاهی انداخت و گفت: حالا حرف زدن بس است. بگو ببینم چه در چنته داری؟ یه کم از آن زهرماری ها را آماده کن که هلاک شدم.

حاخام: دوای دردت پیش خودمه. لااقل برای چند ساعت آرومت می کنه. ای کاش زودتر آمده بودین! الان علف تمام کرده ام، اما اگه کمی دندان روی جگر بزاری، آماده می شود.

حاجی: پدرسوخته! هر کاری صلاح می دانی بکن... فقط زودتر دست بجنبان... آخ... اوخ، مردم خدا !! امروز سه روز است که موال را به چشمم ندیده ام. شکمم مثل سنگ شده و میلی به غذا ندارم.

حاخام از بالای دولاب چوبی و رنگ و رو رفته ای که آیینه ای قدی و بیضی کثیفی در وسط اش داشت، بغچه ای را پایین آورد و روی زمین جلویش گذاشت. بعد بچه اش را بغل کرد و همرا بغچه به دخمه ای که زنش زیر لحافی چپیده بود، برد. حاخام، سرشاخه های گل دار شاهدانه را از ساقه جدا کرد و روی چراغی در دخمه با کمک زنش آن را خشک و تفت داد. سپس با شیوه ای مخصوص درهم قاطی اشان کرد و در هاون کوبید. عصاره اش را در چپقی با دسته ی مسی جای داد و در سینی گذاشت و برای حاجی برد. کمی گزک مثل چایی و نبات، ظرفی انجیر خشک، پسته و مویز، و پارچ آبی خنک جلویش گذاشت و زن برایش قلیان با تنباکوی اعلی فراهم کرد.

حاجی وقتی دو پک عمیق زد و سر سفالی و سوراخ سوراخ چپق مانند تنور، زیر شعله ی آتش، گداخته شد، تازه حس کرد که کمی دردش مضحک به نظر می رسد. چایی شیرین شده غلیظی خورد و قلیان کشید. دوباره چپق را برایش بار گذاشتند و کشید، تا محل دردش بی حس شد. حاخام مثل پروانه دورش می چرخید. پاهای حاجی را در

آب ولرم شست و خشک کرد. حالش که بهتر شد و فتیله ی دردش فرو کشید، زن حاخام برایش جوشانده ای مخصوص دم کرد که شکمش به راه بیافتد و مزاجش اصلاح شود.

حاجی جوشانده را فوت کرد و بعد بالا کشید. پس از یک ربع شکمش درهم صدا کرد و روده اش به تپش افتاد. او را به موال خانه بردند و حاخام پشت در ایستاد. حاجی لیفه اش را که در آن دعا پیچانده بود بالای دیوار گذاشت و نفسی عمیق کشید. وقتی شکمش خالی شد، از نشاط ارضای غرایز، دیوار موال را بوسید و در دلش به دعایی که دفع مرض کرده بود فکر کرد. سرش گیج می رفت و احوالات شخصی که در پرواز باشد را داشت. در همین حین، زن حاخام دمپختک پرملاتی با روغن محلی و شربت آبلیمو محیا کرد، که حاج احمد حسابی خورد و رنگ از رویش باز شد. گونه هایش گل انداخته بود و حال مُکدرش، از این رو به آن رو شد. بزله گو شده بود و حاخام هم که از کیفیت حال دوستش باخبر بود، مراعات حضور کرد و از او مثل شاه پزیرایی کرد. حاجی که از اثرات حشیش سرخوش بود، می گفت: لعنت به این مملکت که شاه شدن هم بچه بازی ست. خب ما هم شاهیم. حاخام! اصلاً تو هم شاهی...

پس از چند ساعت نزدیک های صبح قصد رفتن کرد. دست در جیبش کرد و سه تومان درآورد و به حاخام داد. حاخام دست حاجی را پس زد و پول را نپذیرفت.

حاخام گفت: گر من زمی مغانه مستم هستم. گر کافر و گبر و بت پرستم هستم. هرطایفه ای بمن گمانی دارد. من زان خودم چنان که هستم هستم. خوش آمدی حاج احمد!

حاجی تلوتلو می خورد و گفت: تو امشب من رو نجات دادی. سعی می کنم در عوض محبتی که کردی، من هم به سهم خودم برای ساخت کنیسه ی شما کمک بلاعوضی کنم. تازه وکیل مجلس تان، آقای اورشرگاء از دوستان نزدیک بنده هستند. اگه کارت در جایی لنگ ماند به من پیغام برسان، انشالله که بتوانم جبران زحمات کنم.

حاجی و حاخام با هم دست دادند و یکدیگر را در آغوش گرفتند و بوسیدند. اما بعد از آن ملاقات، نه حاجی یادش به قولش ماند، نه دیگر هرگز آن دو همدیگر را دیدند. ولی درد بواسیر هنوز سر جایش بود و دوباره به سراغش آمد. پس از مراجعت از محله ی کلیمی ها و دوست شفابخشش، غسل کرد و موهایش را از ته تراشید. لباس هایش را در آب جوش انداخت و رخت نو و تمیزی پوشید. وضو گرفت و دو رکعت نماز توبه به جای آورد. در تمام عمرش، حتا یک بار هم جهت درمان به پزشکی معتمد مراجعه نکرد. بارها و بارها بی دلیل بیماری اش را تحمل می کرد، ولی غرورش اجازه این کار را به او نمی داد. وقتی سکینه خانوم زنش، او را نصیحت می کرد که یک طبیب حاذق سراغ دارد که عملش کنند، مثل این بود که فحشش می دادند. می گفت: آدم بمیره بهتره تا ناموسش را به جماعت عیان کنه. می گفت: از فردا که بیایم توی محله، دیگه سر ندارم جلوی اهالی راست کنم و همین کم مونده همه بفهمند که دبرمان جِر

خورده، اما غرورمان برهم نخورده. عجبا!! می گفت: حقیقتاً آدم از شرمساری باید دق

کنه که مردی بند قیطان پیژامه اش را پیش مرد دیگری باز کند، تازه در اثر تجاوز

طبیبانه اش از او ریال هم بابت حق العملگی مطالبه کنند؛ این را دیگر کجای دلم

بگذارم!؟ قباحت داره که فردی مثل حاج احمد، نزد طبیبان جاهل و جوان، نقطه

ضعفی بر جای بگذارد. تا الان که گذشته، بقیه اش هم می گذرد. آخ... اوخ... مُردم خدا

از این درد! تیماردار ما عیال متعلقه است، شفا هم نزد پروردگار. هر کس هم هر غلطی

که دلش خواست بکند. مال خودمان است می خواهیم گنداب شود، شما کمی دورتر

بشینید. به خود این حق را می داد که زنش را طبق سلیقه ی خود و آن طور که در

محضر استادش در مکتب خانه یاد گرفته بود تربیت کند. اعتقاد داشت که یک مرد از

یک زن بسیار کاملتر است و در جایی که مردان گرد هم آمده اند، حضور یک زن مایه

ی شرمساری ست. هیچ گاه با زنش در مورد کاری یا چیزی مشورت نمی کرد. شاید تن

دادن به آن حسی از ناتوانی را در آقا بزرگ می آفرید. همچنین معتقد بود، یک مرد در

صورت تمکن، می بایست نهاد خانواده اش را هرچه بیشتر استحکام و توسعه بخشد.

این یعنی حاجی به تعدد زوجین علاقه مند بود. همیشه تلاش می کرد در نظر زنان

اطراف یان، جسور و جذاب جلوه کند. اصول متعبد بودن و تزکیه ی نفس را در دو چیز

خلاصه می دید. اول آن که در سفرش به مکه وقتی لباس احرام بتن نمود، با خود شرط

کرد که دیگر ربا نمی دهد. به مستمندان و علی الخصوص برادرزاده های خود که سه

سال است یتیم شده اند، مانند پدری مهربان رفتار کند و فرقی با فرزندان خود بین

شان نگذارد. همان طور که خود به دیدار معبودش نائل گشته، بی بی خاطون زن اول

خود را هم به زیارت آقا در کربلای معلّا ببرد و به آرزویش که خرید قبر همجوار امام شهید است عمل کند. بابت تمام آزار و اذیت هایی که به مستأجرین خود- هم مسکونی و هم تجاری- روا داشته حلالیّت بطلبد. انسان شرافت مندی باشد که گرچه یک پایش لب گور است، اما توازنی از اجتماع احترام به قشر کارگر و سرمایه داران برقرار کند. مگر بلال حبشی برده و از طبقه ی پست و فرومایه ی آن زمان نبود؟ مگر رسول الله را بر سر این که یک غلام سیاه را به یاوری خود انتخاب کرده سرزنش و ملامت نکردند؟ خاصّه این که اگر پیامبر بزرگوار به سخنان دشمنان خود گوش داده بود، دوام نام آن برده ی سیاه، هم اکنون روی سرستون های مساجد سلطان احمد عثمانی حکاکی نمی شد. هرگز ذکر مناصب صدای خوش آن موذنِ سیاه، یک سرش تا آفریقا، و یک سر دیگرش تا اسپانیا نافذ نبود. همین است که در اسلام بین بلال حبشی و سید قریشی فرقی نیست.

دوم آن که هنگام بازدید از غار حرا، از آن بلندی دعا کرد که به گمراهی و جهل گرفتار نشود. از خدا خواست تا به او مال فراوان دهد تا او هم بتواند به پایمال شده گان کمک کند. خواست تا دشمنانش را یک به یک نابود گرداند. خواست تا مملکت ایران در سایه ی حاکمی عادل و مسلمان هدایت شود. هنگام بوسیدن سنگ حجرالاسود نیز رابطه خودش با خدا را بسیار نزدیک دید. همان لحظه یادش آمده که در مراجعت به وطن از او به عنوان مردی دنیا دیده و قابل اعتماد استقبال خواهند کرد. به خودش قول داد که جهاز خیری دخترش را تمام و کمال پیشکش کند. هزار وعده و وعید، هم به خودش، و هم به اطراف یانش داد، که البته به هیچ کدام از آن ها

وقتی از حج بازگشت، عمل نکرد. برعکس به صرافت افتاد که بار دیگر تجدید فراش کند و روی سر بی بی خاطون بیچاره که یک سال بعد از مُحرم شدن حاج احمد سکته کرد و مُرد، تازه هوو بیاورد. پس از آن که او را رسماً حاجی نمودند و دستار بنده گی سرش گذاشتند و هفت بار عریان دورِ خانه ی خدا خوش رقصی کرد، از این رو به آن رو شد. به خروار بخشش نکرد و به صنار و شاهی حساب و کتاب کرد. از خساست شُهره ی آفاق شد. هر وقت در جمع بازاریان حاضر می شد، او را مُمسک الدوله صدا می زدند. حتا خودش هم از این نام خوشش می آمد و می خندید. پشت سرش می گفتند: نکنه حاجی به جای عبادت خونه ی خدا، رفته بوده آلبالو گیلاس بچینه! سر قضیه ی گران شدن قند، طرف تجار و بازرگانان بازار تهران را گرفت و به بهانه ی همسویی با جریان اعتصابات، در زیر زمین خانه اش قند و شکر احتکار کرد. رهی: اگر قند نیست بوسه ی من هست... خوشا به لبش که شیرین گفت.

پس از فتوای مراجع عُظام مبنی بر حلالیّت مصرف قند، از عملش استغفار کرد و اجناس را به دو برابر قیمت، به دلالان بازار تهران و تبریز فروخت و از این راه سود سرشاری نصیبش شد. با چند تن از عُمالِ محافظه کارِ حکومت، در تحصنِ مدرسه ی فیضیه و حضرت عبدالعظیم آشنایی پیدا کرد. همین موضوع فتح البابی جهت نفوذش در سیاسیون شد. این طور جلوه می کرد که حل و فصل دعاوی همیشه کار عدلیه و نظمیه نیست، بلکه این دوره زمانه باید به زبان چوب و چماق ختم دعوی نمود. دوره ی مذاکره با اهالی روشنفکر به سر آمده. کسی که دشمن قائد اعظم است، دشمن رسول الله هم ست. به همان شمشیر ذوالفقار قسم که بدخواهان اسلام در هر پوستی و

۱٤۷

شکلی ظاهر شوند، باز مُلحدند. سزاورند که دوشقه شوند. باید مُثله شان کرد. به دیوار آویخت شان. از کوه پرتشان کرد. همه شان مفسد فی الارض اند. حیف که حکومت و مملکت پای شان روی پوست خیار است! وگرنه باید گردن این اجانب وابسته به انگلیسی های قرتی را از پشت برید.

حاجی اصغر را صدا زد. گوشه ی قالیچه ای که رویش نشسته بود را به کناری پس زد و یک دسته اسکناس نو و تا نخورده داد به دستش. اصغر برق از چشمانش پرید و در همان لحظه خم شد تا دست آقا را ببوسد و گفت: روم سیاه آقا، شرمنده ام کردین. آقا بزرگ دستش را کنار کشید و به صراحت گفت: نمی خواد ادا و اصول دربیاری! اصل قرضت را شش ماه دیگر پس بده و از بابت سود تأخیر در تادیه، همان میزان را از مواجبت آتی کسر می کنم. خودت می دانی مال یتیم است که به من سپرده شده. نمی خواهم خدایی نکرده تکفیرم کنند. حالا برو سر کوچه دو شاخه نبات اعلی از عبدل بقال بگیر و زود برگرد... نه کمتر، نه بیشتر. دل درد امان مان را بریده!

اصغر که چشم هایش از شوک خساست حاجی باباغوری گرفته بود، با دست پاچه گی دسته ی پول را از وسط تا زد و در جیب داخلی جلیقه اش جا داد و گفت: دست تان درد نکند بزرگوار... اما آقا، قبلاً هم خدمت شما عرض کرده بودم؛ عبدالله دیگه به ما نسیه نمی ده. بنده ی خدا تقصیری هم نداره... اجناس کلاً توی بازار تهرون گرون شده. دیگه کسی به کسی حتا یه سیر پنیر هم نسیه نمی ده آقا!

حاج احمد احساس تسبیح اش را در جیب لباده اش چپاند و با تندی گفت: غلط کرده مرتیکه ی قرمساق! مگه یادش رفته به خاطر آتیش زدن عکس اعلی حضرت، خودم ضامنش شدم تا در بقالی فکسنی اش را نبندن؟ برو بهش بگو اگه نخوای با ما راه بیایی، میدم کرکره اش رو تا ابد پایین بکشن! وقتی شاه این مملکت نوکر اجنبی یه، باید یکی مثل عبدل بقالِ گرون فروش هم دم دربیاره و جُفتک هوا بندازه بالا... برو پولش رو مثل سگ بنداز جلوش، اما نگی من گفتم! آدم چلغوزیست. فردا همه جا چو می اندازه که با حاج احمد سرِ چندر قاز طلب کاری سرشاخ شدم و وادرا به تسلیم اش کردم.

اصغر به سرعت رفت و با نیم کیلو نبات به خانه برگشت. حاجی هنوز در همان حالت، توی اتاق نشیمن نزدیک در ورودی، روی دو متکای پرِ بوقلمون ترکی، یله داده بود. نی قلیان را گوشه ی لبش چسبانده بود و داشت از درد به خودش می پیچید و آخ و اوخ می کرد. دود تنباکوی سوخته ی روی سر قلیان، نفسش را پس آورده بود. اصغر وارد اتاق نشیمن شد. در که باز شد، دودهای در هوا جا به جا شدند و هُرری بیرون ریختند. با عجله گفت: آقا... اگه اجازه بفرمایین، آقای اشرف الدوله می خوان خدمت برسن.

-اشرف؟ اشرف الدوله؟ نمی شناسم! نپرسیدی که چه کاری با من دارد؟

اصغر با طمأنینه گفت: نه آقا... نپرسیدم که چه کاری دارد؟ ولی فکر می کنم پسر خان علی فرش فروش باشه که عمرشان را پارسال به شما دادند. از آن آدم های درست و حسابی اند آقا!

حاج احمد گونه هاش مثل انار شکفت و با سر نی قلیان پشت گوشش رو خاراند. نگاهی بدون معنا به اصغر انداخت و چیزی نگفت. اصغر که یک لنگ و پا مردد مانده بود، در را کمی بازتر کرد و گفت: آقا تکلیف چیست؟ بگویم داخل شوند، یا نقشی بازی کنم که یعنی در خانه تشریف ندارید؟ اصلاً می خواهید بگویم برای کاری به شورای اصناف رفته اید؟

حاجی دست هایش را به هم زد و تسبیح اش را از لباده بیرون کشید و گفت: اشکالی نداره، منتها ببین نامحرم توی حیاط نباشه. بگو داخل بشن. چایی که سفارش دادم، نبات ها رو هم الان نمی خواد خیرات کنی. حالا برو زودتر تا معطل نمانند. مهمان حبیب خداست.

اشرف الدوله کُت و شلوار راه راه خاکستری و کراوات قرمز که یک ستاره طلایی رویش برق می زد پوشیده بود. مرد میان سالی بود و ریش و سیبلش را از ته می تراشید. مبادی آداب مریدان بود و اهل معرفت. دو نفر همراهش هم از خودش جوانتر، ولی از نظر قد و قیافه یک سرو گردن از او بلندتر بودند. همه با هم سلام کردند. حاجی نیم خیز شد که بلند شود، اما اشرف الدوله نگذاشت.

اشرف گفت: احوال عالیه مستدام؟

- چه حالی و احوالی! مگر می گذارن آدم با خیال راحت بمیرد! از مرحمت جناب عالی، ای... بد نیستیم.

اشرف: بنده چنانچه مطلع بودم که ناخوش احوالید، اکنون مصدع اوقات نمی شدم. عرضی داشتم که چنانچه در وقتی مناسب تر برای حالتان پیدا شد، شرف یاب می شوم.

حاجی با بی حوصلگی جواب داد: این ها تعارف است قربان. اولاً شما بفرمایید بالای مجلس بنشینید. دُویماً، ما آفتاب لبه بومیم، حال عمومی ما همیشه در نوسان است. شما نگران نباشید. اگر عرض تان را بفرمایید خوشحال می شوم. این روزها همه گرفتارند. راستش در حال رفتن به شورای اصناف بودم که حضرت عالی سر رسیدید. گمان می برم که بازاریان این حقیر را جهت داوری و نزاعات مالی خود انتخاب کرده اند. اما خودتان می دانید که حرف حق زدن، آن هم در این دوره زمانه گران تمام می شود. علی ایحال بنده در خدمت تانم.

اشرف: غرض از مزاحمت - سرش را نزدیک حاجی برد و آن دو نفر همراهش کمی عقب تر رفتند- این است که بنده در تدارک راه اندازی کارخانه ی تولید سرکه و عرقیات از میوه جات هستم. حتا مجوزات لازمه نیز اخذ شده. اما زمین مورد نظر جهت احداث کارخانه دست و پای ما را گرفته و وبال گردنمان شده. حال امیدواریم که گره کار به دست مبارک حضرت عالی باز شود.

حاجی خودش را کمی جمع تر کرد و بیشتر به طرف اشرف الدوله برگشت و گفت: حالا شما را به جا آوردم! همان طور که حدس می زدم، شما باید آقازاده ی مرحوم خان علی باشین؟ نور به قبرش بباره. ماشاءالله چه پسر با معرفتی بزرگ کرده! می دانستم

که اگر ابوی مرحوم تان هم در قید حیاط بودند، یقیناً بنده را به راهنمایی شما برمی گزیدند. حالا اگر در گذشته اختلافات مالی با مشارالیه بوده، این مربوط به ایام قدیم است. باور بفرمایید که من هنوز ناخرسندم و خودم را نکوهش می کنم، که چرا در آن زمان دیگر بهش جنس عاریه ندادم؟ شماها کوچک بودید و سختی زندگی را نمی دانستید. حتماً خبر دارید که... آن سال ها خشک سالی بدی آمده بود. مردم ملخ می خوردند. در همین بیابان ری خلق الله بر سر گوشت گربه در نزاع بودند و آدم نفله می شد. امیدوارم روح پدرتان قرین رحمات الهی قرار گیرد، انشالله. هردو گفتند: آمین یا رب العالمین.

اصغر با سینی چایی وارد گفتگوی شان شد و اشرف کمی سکوت کرد. دو استکان چایی با یه بشقاب نقل نبات گذاشت جلویشان و بعد گفت: آقا چیزی لازم ندارین؟ بنده در خدمتم.

حاجی ترش رویی کرد و گفت : نه خیر، امری نیست. شما بفرمایین!

اشرف الدوله وقتی چایی را خورد، گوشه های لبش صورتش را چاک داد و دندان طلایش هویدا شد. گفت: بله درست عرض می کردید. بنده از جد پدری به خان علی برومند و از جد مادری به میرزا ملکم خان دهباشی قرابت دارم. همان میرزا ملکم که در جنگ ترک های گُنبد با قشون روس تیربارانش کردند. خلاصه ی مبحث این که، ماترکی از پدر خدا بیامرزمان ارث رسید و برای جلوگیری از نزاعات وراث اناث و ذکور باهم؛ اینجانب را طبق عقد خارج لازمه وکیل بلاعزل خود قرار داده اند. حال که ملک

مورد نظر از املاک اوقافی یمین آباد سفلی ست و تولییت آن مکان در دست حضرت عالی ست، قصد مذاکره درباره ی چگونگی انجام معامله را دارم.

گونه های قلمبه ی حاجی، با شنیدن این خبر سرخ شد و لبخند دلنشینی زد. گفت: بنده نوازی می فرمایید! همان طور که خودتان مستحضرید، اوقاف مثل شرف انسان می مانه. این حقیر هم به رسم امانت می بایست نهایت منفعت را به موقوف علیهم روا دارم. گرچه ایشان در مملکت خارجه اقامت دارند و الحمدالله مستأصل از دریافت منافع مال موقوفه نیستند، اما به هر روی چنانچه مصلحت ایجاب کند و سهمی را هم با مشارکت بنده ی حقیر در نظر بگیرید، حاصل همان است که بین متعاملین مورد تراضی واقع خواهد شد! البته نفس انجام معامله ی فضولی ست، با این حال بهتر است تقیه کنیم و از طرفی ابتدا با اهل خبره صلاح و مشورت نمایم. خبرش را فردا می دهم انشالله.

اشرف الدوله سرش را خاراند و پس از اینکه اتوی شلوارش را منظم کرد، بلند شد و گفت: اگر رخصت بفرمایید می روم و فردا عصر درباره ی نهایی شدن قرارداد فی مابین، مجدداً خدمت خواهم رسید.

حاجی قیافه حق به جانبی گرفت و گفت: اشکالی ندارد فرزندم. خدا پشت و پناهتان باد.

اخبار مسرت بخش همیشه گلویش را به خارش وامی داشت. آقا بزرگ خود را اهلی می دانست و ظاهرالامر حیات دنیوی در نظرش با آب دماغ بزی مریض فرقی نداشت.

همه جا احتیاطاً وانمود می کرد که طرف دار هیچ کس و هیچ فرقه ای نبوده و نیست. از دسته ی قمه کش های چاله میدان هم نبود. تنها معتقد بود و همه جا زار می زد که: فقر، ایمان را به بدترین شکل ممکنش که همانا مسکینی ست، منوّر می گرداند. انسان فقیر شایسته دو چیز است؛ یا در دنیا دنبال لقمه نانی آن قدر بدود تا عاقبت در گوشه ای بمیرد، یا قبل از موالید بمیرد، بهتر آنکه روزی به فلاکت و رذالت مبتلا شود. اساس دین بر تمکن مالی و اشاعه ی رفاه مومن و عرض بنده گی ست. کسی با شکم گرسنه نمی تواند دولا و راست شود. اگر ثروت خدیجه نبود، اسلام هم نبود. اگر محمد هم پیغمبر خداست، لابد بسیار زیرک و هوشیار بوده که توانسته به این درجه منتصب گردد. وگرنه با آن جماعت کودن و بی سواد اعراب، چگونه می خواست دین خدا را ترویج نماید؟ خب ما هم لقمه نانی در می آوریم که توان داشته باشیم خلق الله را هدایت کنیم. قرآن می فرماید: « کسانی که ایمان آورده و کارهای شایسته انجام دادند، آنها را در زمره صالحان وارد خواهیم کرد».

شب که فرا رسید. چراغ های پیه سوز همسایه ها و خانه ی حاجی و اتاقک زیرزمین اصغر نوکر خانه، یکی بعد از دیگری خاموش شدند. حاجی طاقباز توی پشه بند بالای پشت بام، به ستاره ها نگاه می کرد. یک پارچ آب خنک که که سکینه با عرق بیدمشک قاطی کرده بود، بالای سرش گذاشته می گذاشت. گاهی یخ ها توی پارچ، بالا و پایین می شدندو قُلپ قُلپ، ادای آدمی که زیر آب خفه می شود را در می آوردند. آدم لب تشنه از دنیا نره... از طرفی معده اش نفخ داشت و اسید ترش دنده هایش را توی حلقومش بالا می کشید. معمولاً چندان طول نمی کشید تا چشم هایش

۱۵٤

گرم شود و به خواب برود. اما شبی که غذای چرب، مثل کباب کوبیده یا کوفته تبریزی و شربت عسل می خورد، تا خود صبح از سنگینی شکم و ورم معده، روی سینه اش بختک می افتاد و یا حسین و یا ابوالفضل سر می داد. بعدش بلند بلند به سکینه خانوم ناسزا می گفت که یعنی همه اشان قصد جانش را کرده اند، و غیره...

اما آن شب با تقلای زیاد، با اینکه شام سنگینی نخورده بود، بالاخره خسبید و در خواب دید که اهالی محله تابوتی را روی دست هایشان می گردانند و از وسط بازار به طرف قبرستان می برند. خودش هم یک گوشه ایستاده بود و تماشا می کرد. مردم یک صدا الله اکبر می گفتند و پشت سر نعش در هم می لولیدند. جماعت لباس سفید پوشیده بودند، ولی یک عده دیگر، مثل دسته ی کلاغ ها، عقب تر از همه، با لباس سیاه بر خلاف عموم دست می زدند و شادی می کردند. لب های حاجی تفدیده شده بود و پاهایش مور مور می کرد و دست هایش یخ کرده بود. دنبال جمعیت دوید و خودش را به اول صف شان رساند. جواد پسر بزرگش که طلبه ی فقه و الهیات و شاگرد ارشد شیخ مراغه ای بود، سجاد پسر وسطی اش که ور دست حاجی توی حجره مشغول بود و فرخ پسر آخری اش، که وصله ی ژورنالیست وطن فروش بهش چسبانیده بودند، همگی در یک صف واحد رژه می رفتند. جمعیت با عجله از تاریکی زیر بازارچه ی بزّازها گذشت و وارد صحن امام زاده صالح شد. سپس تابوت را سه دفعه روی زمین گذاشتند و دوباره بلند کردند و صلوات فرستادند. حاجی از سیاه پوشی پرسید: چه کسی مرده؟ مرد سیاه پوش که دور سرش را با دستمالی عرق چین بسته بود و از دهانش بوی گند و ترش متساعد می شد؛ با لحنی بی ادبانه با یک

دستش روی کتف حاجی زد و گفت: نعش ملعون خودته، حاج احمدِ مُمسک الدوله! مگه نشناختیش؟ مردک بلند بلند می خندید و شروع کرد به رقص و لوده گی.

حاجی به خودش جرأت داد و به تابوت نزدیک شد. تابوت با چوب قهوه ای براقّی سیقل داده شده بود. بالای هر چهار گوشه ی پایه اش، نقش های برجسته ای از کلّه ی شیر داشت. روی در تابوت، عکس صلیبی شکسته کنده کاری شده بود و نوک انتهایی صلیب، به شکل خنجری تیز بود. تابوت بزرگ و با شکوهی بود! حاج احمد درش را که باز کرد، ناگهان خودش را داخل اش دید! باورش سخت بود، اما مُرده ی خودِ خودش بود! جسد، کت مشکی خوش دوختی به تنش داشت. زیرش پیراهن سفیدی پوشیده بود و یک پاپیون مخملی با نگینی در وسطش، یقه اش را سفت چسبانیده بود. اما به جای شلوار مردانه، چاقچور سیاه و زخیمی روی تنبانش پوشانده و به حدی بند قیطانش را خفت کرده بودند که شکمش زیر آن عن قریب که قیچی شود. کفش ورنی به پایش کرده بودند و مثل یک نوزاد بی گناه، لای پنبه خوابیده بود. انگشت دستانش روی سینه در هم گره خورده بود. بوی اُدکلن فرح بخشی از فضای داخلی تابوت می آمد. موهایش از وسط فرق افتاده و به دقت روغن کشیده شده بود. ریش و سیبلش تراشیده و تمیز بود و در لاله ی گوش سمت چپش یک حلقه ی مسی داشت. حاجی سرش را بلند کرد. نگاهش به پسرش جواد افتاد که چطور در لحظه ای کوتاه، لباس هایش از عبا و دمپایی آخوندی و عمامه و لباده؛ به شلوار جین، رکابی سفید، چکمه ی ستاره دار و کلاه مکزیکی ریشه داری مثل دم اسب تغییر شکل داده بود. در دستش تار دسته بلندی قرار داشت که رویش مُهر یحیا حک شده بود. روی دوشش شنل

مشکی آکادمیک آویزون کرده بود و بی اعتناء به حاجی آهنگ مرغ سحر را با صدای یک زن می خواند.

از آن طرف منیژه موهای بُلندش روی شانه های کوچکش، پهن شده بود و مودّب بالای سر تابوت ایستاده بود. دامن کوتاه قرمزی به پا داشت و جورابی سفید تا زیر زانویش می رسید. در دستش قاب عکسی از نقاشی دو پسر بچه ی لخت، وسط ابرها نمایان بود. بچه ها بال های سفید کوچکی داشتند و بالای سر زنی زیبا و شراب به دست که یک پایش را روی سر پیرمردی ژولیده و مُفلس گذاشته بود، در حال پرواز بودند.

از دور اصغر را دید که با زن خودش مائده، سرگرم گفتگو و عشق بازی هستند. عجیب تر حضور مش رجب در آن محشر بود که با سکینه زن دوم حاجی تَنگ هم ایستاده بودند. در دست هردو، شیشه ای شمپاین بود. جرعه ای بالا می رفتند و جرعه ای شراب توی گور حاجی می ریختند. سکینه خانوم هم یک شاخه گل رز با دندان هایش گاز گرفته بود و وحشیانه قهقهه می زد. همه ی خانواده اش به جای این که گریه کنند و از مرگ آقا بزرگ ناراحت باشند، برعکس با لباس های رنگی و کلی زرق و برق آمده بودند. اصلاً نه انگار که مجلس، مجلس ترحیم و تدفین، آن هم کسی مثل حاج احمد که بزرگ خاندان بود! پشت سر همه بی بی خاطون سوار دُرشکه ای عریض و طویل با چهار اسب سیاه شده بود. لباس چین چین سفید دوکولته تنش داشت. یک کلاه لبه دار روی سرش بود که دور تا دورش پُر از گل های مریم بود. ماتیکی سرخ زده بود که لب هایش را پُف کرده و آتشین جلوه می داد. چکمه ای چرمی و قهوه ای رنگ به پا

داشت و چتر سفیدی روی سرش گرفته بود. رنگ موهایش به اندازه ای بُلَند بود که زلف پیشانی اش به سفیدی می زد. صورتش عینهو شب چهارده شده بود! یک ارابه ران جوان و خوش قد و بالا، با کت مشکی براق و کلاه شاپویی مخمل، اسب هایش را هدایت می کرد.

خیرالنساء دختر حاج احمد، با شوهرش کاظم که حاجی همیشه از او بدش می آمد، روی فرش قرمزی که سر آن تا لبه ی قبرش می رسید ایستاده بودند. در حالی که لبخند مهربانی روی لب شان بود، منیژه را صدا زدند. سپس یک دسته اسکناس نو و تانخورده به او دادند، تا دست مزد گورکن را بدهد. منیژه دوباره در حالی که پاهای ظریفش را زیر دامن قرمزش در حالت رقص به دور هم می چرخاند، همان شعر« ستاره امشب کسی ندیده، مگر ستاره کجا رمیده، مه آرمیده، رنگش پریده، ابر سیاه رو به سر کشیده» را می خواند و می رقصید و شادی می کرد.

حاجی خونش از چیزهایی که می دید به جوش آمده بود. هرچه سر منیژه و بقیه ی خانواده اش تشر می زد، کسی صدایش را نمی شنید و توجهی نشان نمی داد. یک قبر برایش گود کرده بودند اندازه ی چاهکِ مستراح. بیا و ببین!

در همین حال مردی سوارکاری با اسبش، چهارنعل و چابک، گرد و خاک غلیظی براه انداخت و سراسیمه وارد جمعیت شد. در یک لحظه با شمشیری که در دست داشت، سر یکی از مردهای سیاه پوش را از بدنش جدا کرد و آن را جلوی پای حاجی پرت کرد. خون از رگ های سرخ و سیاهِ کله ی قطع شده به درون قبر می چکید. حاجی

وحشت کرده بود و متوجه شد که جز خودش هیچ کس از اتفاق پیش آمده در جایش خشکش نزده! مرد سوارکار لباس سفیدی بتن داشت. ردایی سبز رنگ دور گردنش احاطه شده بود. رنگ پوستش مانند الماس می درخشید و شاهوردی درخشان، دور سرش هاله شده بود. سوار بر اسب ورزیده ای که چشمان مشکی و یال های درهم بافته ای داشت، به حاج احمد نزدیک شد. حاجی از اسب ترسید و روی زمین افتاده بود و دریوزگی می کرد که مرد او را نکشد! مردِ جسور، هنگامی که شروع به حرف زدن می کرد، صدایش در فضا پژواک می شد. گفت: احمد فرزند جمعه... معروف به حاج احمد. هیچ می دانی این جا کجاست؟

حاجی دهانش در خاک مالیده شده بود. لیزابه ی منزجر کننده ای مثل سمندران غول پیکر از دهانش می چکید. بریده بریده گفت: نمی دونم... یعنی می دونم کجاست! این جا قیامت است. اما التماس تان می کنم... به پایتان می افتم... تو را به خدا من رو نکشید. من مال و مسکوک فراوانی دارم. باغ پسته ی رفسنجون. زمین های یمین آباد سفلی. ده تا حجره توی راسته ی بزازها. کلی اوراق و سند و اشرفی دارم که همه رو به تو میدم. آقا تورا به خدا رحم کنید، نگذارید بچه هایم یتیم شوند. باور بفرمایید در زندگی یک پول سیاه هم ربا نگرفته ام. می توانید تحقیق کنید. من معتمد شهرم و هرروز غروب نمازم رو پشت سر آسید مصطفی می خونم. اصلاً چه خوب شد که یادم آوردید! اگه حرف های من رو قبول ندارید، می توانید از ایشان که پیش نماز مسجده در مورد تزکیه ی بنده پرس و جو کنید. امام جماعت که دیگه دروغ نمی گه؟ تا به حال آزارم به احدالناسی نرسیده و همه من رو به بخشندگی و امانت داری می شناسن!

۱۵۹

مکه هم رفته ام و آب توبه روی سرم ریخته ام. هیچ هم با جنایات رضاشاه که خون مردم را به جوش آورده موافق نیستم. اتفاقاً همیشه طرفدار پر و پا قرص مشروطه بوده ام و هستم. موافقم که باید روشنفکرها نوک هرم قدرت ایران باشند. روحانیت نباید در سیاسییون مداخله کند. مملکت مجلس عوام می خواهد نه منبر و واعظ. کار اصلی من در مسجد، روضه خواندن است و گاهی اوقات گورخوانی هم می کنم. صدایم هم خوب است؛ لااقل که اهالی محله همه همین را می گویند! خودم ملتزم می شم تا یک سال قند و شکر حضرت عبدالعظیم رو مجاناً عهده دار بشم. جلوی همه به پای بی بی خاطون می افتم و ازش حلالیت می کنم. دست سکینه رو توی دست های شوهرش کاظم می گذارم و بهشان سر بازارچه، یه دهنه دکان می دم و دست شان را در کاری بند می کنم. حضانت برادرزاده هایم را خودم- چشمم کور اگه دروغ بگم- متقبل می شم. آره، می دونم خیلی ظلم کردم و مال مردم خورده ام، اما چه کاری غیر از این بلد بودم. کی به من گفت که گناه و ثواب واقعی کدومه؟ یه عمر تقیه کردم و سود گرفتم... اصلاً شما بگین من چه کنم؟ هرچه شرط گذاشتید قبول است!

اسب مرد سوارکار شیهه کشید و جستی به دور خود زد. مرد جسور صدایش دوباره در هوا پیچید و گفت: اینجا پایان راه توست. عزازیل را بیاد آور که از عملش عاجز شد، پس خداوند او را معاف نمود. اما هاروت و ماروت شراب نوشیدند و به پادافره این کردارشان، در چاه بابل معلق شدند و تا رستاخیز بدین حال ماندند. از محرمات پرهیز نکردی و دست از عمل درازت نکشیدی. حالا به پشت سرت نگاهی بینداز!

بدن حاجی به رعشه افتاد و دستش لغوه گرفت. سرش را به عقب برگرداند. دید تابوت را بالای سُرسُرِه ای مرتفع قرار داده اند و جمعیت همگی به صف ایستاده اند. فرخ پسرش لباس های مانند کشیشان نصرانی پوشیده بود. چیزی مثل پولکی در دهان خیرالنساء و کاظم شوهرش می گذاشت. سپس با ملاغه ای دسته بلند، رویشان آب می پاشید. بعد از آن کتاب کوچکی باز کرد و آن دو را دعا کرد. صدای کف زدن های پی در پی مردم برخاست و خیرالنساء که لباس سفید عروسی بتن داشت، دسته گلی سفید رنگ را از پشت سرش به میان مردم پرت کرد.

اصغر هم لباس دوران سربازی اش را بتن کرده بود و مانند ژنرال ها چوب دستی کوتاهی را به نشانه ی دستور شروع پایین آورد. مائده، قطر سینه هایش به اندازه ی مشکی پر از شیر شده بود و انگشتر یشمی گرانی را در جیب اصغر گذاشت. ناگهان یکی از اسب های ارابه ی بی بی خاطون، با لگدی محکم زیر دسته ایی چوبی زد و اهرمی بالا رفت و طنابی کُلفت، قلابی طلایی را از حلقه ای که به تابوت متصل بود را از جایش بیرون کشید. نوک تابوت روی سطح سُرسُره خراشید و با سرعت به پایین سقوط کرد. حاجی سراسیمه خودش را به زمین می کوبید... تابوت با سر و صدای بسیار پایین رفت و در سیاهی چاهک بد بو، به دیواره های آن برخورد کرد و از نظرها ناپیدا شد.

صدای سکینه خانوم حاجی را از خواب پراند. عرق از سر و روی حاجی مثل باران می

ریخت. تُشکش را خیس کرده بود. نفس های خس دار مرگ آلودی می کشید. و اِن

یکاد را با حزن و اندوه به طور آوازی می خواند و نعره می زد.

سکینه گفت: حاجی چی شده؟ خواب بدی دیدی؟ چیزی نیست... بیا آب بخور.

حاجی لیوانِ آب را یک نفس بالا داد و پشتش، سلام بر حسین و لعنت بر یزید

فرستاد. دور و بَرَش را فوت کرد و مانند بچه ها گریه کرد.

-من زنده ام... یعنی همه اش خواب بود؟ خدا رو صد هزار مرتبه شکر. خدایا، چه

خواب وحشتناکی دیدم. لعنت به تو ای زن! صد بار گفتم من صد سالمه، کمتر آشغال

توی غذا بریزید. شماها تا من رو نکشید دست بردار نیستید؟ ارث بابایتان را که

طلبکار نیستید. بگو ببینم سکینه: راستی آن روز که مش رجب به دیدن من آمده بود،

تو کجا یهویی غیبت زد؟ چرا از خانه بیرون رفته بودی؟

سکینه با یک دستمال نم دار سرد، پیشانی آقا بزرگ را از عرق خشک کرد و گفت:

این حرفا کدومه؟ وا!... اصلاً من به عمرم رجب نامی رو نمی شناسم و ندیدم تا به حال!

مگه آدم کم توی این خونه میآد که من باید همه اشون رو بشناسم؟ خودت خوب می

دونی که من دو سال بیشتر از دخترت خیری سن و سال ندارم. تهمت چرا؟ خواب

دیدی خیر باشه جوونی... بخواب حالا.

حاج احمد صبح دیرتر از همیشه بلند شد. آفتاب توی حیاط و تا نزدیک ایوون جلوی

نشیمن پهن شده بود. باد پنجره ی اتاقِ خیرالنساء را به هم می کوبید. نمازش قضا

شده بود و سرش درد می کرد. خانه خلوت بود. اصلاً حال و حوصله نداشت. اصغر را صدا زد. اما او هم در خانه نبود!

حاج احمد احساس تنهایی کرد. لحظه ای بعد منیژه دوید توی خانه و پشتش اصغر و بقیه اهالی منزل به ترتیب وارد شدند. با هم داشتند در مورد چیزی صحبت می کردند. حرف های شان در هم قاطی می شد و معلوم نبود کی با کی، و بر سر چی موافقه یا مخالفه!

حاجی اصغر را صدا زد و او هم جلوی حاجی حاضر شد و تعظیمی کرد.

- مرتیکه الدنگ، مگه با تو نیستم... چرا این همه صدات می زدم جواب نمی دادی. مُغُر می آی یا فلکت کنم؟ کدوم گوری بودی پدر سوخته ی دهاتی؟ بچه ها چرا بیرون رفته بودند؟ بعد صدایش را هم بلندتر کرد و داد کشید که: مگه این خونه صاحب نداره که هر کی سرش رو می اندازه پایین و یه سویی می ره؟

اصغر پشت دست هایش را با دندان گاز گرفت و چند ورد خواند و گفت: والا چی بگم آقا... یه عده دهنه ی تیمچه ی طباطبایی ها رو قرق کردند و نمی ذارن بازاری ها حُجره باز کنند. می گن یحیا، پسر آصف الدوله و منصور پسرِ حاج ولی الله، یه آجان رو تا سرحدِ مرگ کتکش زدند. این طور که بوش می آد، دعوا سرِ لحاف ملاست آقا... همه دارن شعار می دهند و شلوغ کاری می کنند.

-شعار می دن؟ راه می بندن؟ کتک می زنن؟ چندتا ژیگولو برای من آدم شدند... آخه به تو چه نادون! هر روز همین بساطه. تو رو چه به این حرفا؟ تازه سر ملت به سنگ

خورده و فهمیده اند که من چی می گفتم. بالاخره یکی جرقه این شعله رو بایستی می زد. شاهی که با کودتاه بیاد سر کار, آخر و عاقبتش با کودتاه گورش رو گم می کنه. شاهی که زور بگه، یه روز هم زور می شنوه. اگه ملت نتونن حرفشون رو بزنن، اگه آخوند نتونه منبر بره و روضه بخونه، اگه زن ها چادر سر نکنن و در عوض با یه مَن سرخاب و سفیدآب، توی مجامع حاضر بشن، که فاتحه ی اسلام خوانده است! این زن ها سبزه روی مزبله اند بابام جان! پس مردم به کی اعتماد کنن؟ مردک خیال کرده مملکت ارث پدرشه که هرچی از زخایر می لمباند سیر هم نمی شود... یاد شاه شهید بخیر! مملکت داری آن جناب کجا و این جناب کجا! فقط شاه شهید بود که توانست از درباره بریتانیای کبیر، نشان زانوبند« ژارترياگارتر» را از ملکه ویکتوریا دریافت کند. مگه شاه مظفر که داعیه ی ترک استبداد سر می داد و از هر کاری برای گرفتن همین نشان ناقابل مضایقه نکرد، توانست؟ خاصه این که در کمال بی شرمی مرقومه ای به ادوارد هفتم مراسله کرد و خدا هم همان خدا بود که نتوانست به مقصودش نایل شود... من یکی کاری به سرم آمده که به همان شاه دم دمی مزاج و مریض و علیل هم رضایت دارم.

اصغر درست گوش نمی داد و رفتارش مثل بچه ای که از سوزش شاشیدن به خود می پیچد، یک جا بند نبود و مرتب تکان تکان می خورد. حاجی از این رفتار اصغر بدش آمد گفت: تو اصلاً متوجه حرفای من می شی؟ حقیقتاً فکر نکنم بفهمی... تا این شاهِ قلدر ملتی مثل شما رو داره، باید به عوض هر نونی که می خورید، یه پس گردنی هم بهتان بزنه... مردم یک عمر مثل گوسفند نشستن و هر چی اون آقا گفت و کرد، به

مزاج شون خوش اومد و تجدد معنای اش کردن. ولی این اجانب مهمون دو روزند. شاه می میره، ولی این مردمند که همیشه هستن!

حاجی که هنوز بغضش از خواب دیشبش پر بود، با خودش گفت: نه مثل آقایون قاچاق کردم، نه راه بستم، نه فتوای رجم دادم. اما همیشه هرچی سنگه جلوی پای لنگه. شدیم غرابِ البین بوم ات. آخه لامروتا: من که حتا توی عمرم یه جرعه شراب هم نخوردم. چرا کمر به هلاکت مون بستین؟! میخواین روحانیت نابود بشه و بساط دیانت جمع بشه؛ اشکالی نداره. اما بپرسین که کی بهتر از جماعت آخوند منبر میره؟ خوبه که ما هم ذکر شرعیات رو تحریم کنیم؟ دعا براتون نخونیم تا یه راست راهی جهنم بشین؟ خوبه ما بگیم دیگه عاقد نمی شیم تا بچه هاتون ولد زنا بار بیان؟ خوبه روضه خونی نکنیم و رو مرده هاتون نماز میت نخونیم؟ به شاه شهید قسم این راهش نیست. ما هم یار و رفیق شماییم، هم اهل کتاب و مکتب خونه ایم. توی عروسی و عزایتان هم که ما سرجهازی هستیم و تا ما آیه نخوانیم، نه فتح می کند و نه دفن. از بچگی یه شکم سیر سر زمین نزاشتیم و خواب راحت ندیدیم. پدرهای ما هم مثل شماها سراشون توی کاسه ی ارباب بود. تازه سهم شما تیول داری بوده و سهم ما همون چندر قازِ آخر مجلس روضه ی زینب و شب ختم و هفت.« به درویش گفتند بساطتت رو جمع کن، دستش رو گذاشت توی دهنش! »

دق الباب خانه سه دفعه به صدا در آمد. اصغر رفت و برگشت، گفت: آقا، زن حاج ولی الله ست، مادر منصور! می گه پسرش رو گرفتن. می خواد شما رو ببینه... حاجی تا

۱۶۵

شنید طلیعه آمده، چشماش دو دو زد و بلادرنگ سفارش قلیان داد. بعد هم اجازه داد که زن داخل شود.

طلیعه خانوم دوبار مزاجعه کرده بود و منصور از شوهر اولش بود. بعد از فوت علی نقی – شوهر اول – که از فرط میگساری های زیاد و بی پولی سکته می کند، به صیغه ی نود و نه ساله ی حاج ولی فرش فروش در می آید. شوهر دوم بر عکس، مردی اهل دین و دیانت، جاافتاده تر، با تجربه ی دوبار تجدید فراش کردن و البته استطاعت مالی بسیار برای نگهداری سه هوو، به مذاق طلیعه برای کسب سمت سوگلی حاج ولی خوش تر می آید و نان را تا تنور گرم است، می چسباند. حاج ولی رئیس صنف خواربار بود و برای خودش صاحب منصبی داشت.

طلیعه تا چشمش به حاجی افتاد، زد زیر گریه و گفت: آقا دستم به دامن تون... پسرم رو گرفتن. تو رو خدا کمکم کنید. من همین یه دونه پسر رو دارم.

همین وقت اصغر قلیان حاجی را گذاشت جلوی اش و وسط حرفای طلیعه خانوم پرید و گفت: آقا چایی هم بیارم خدمت تان؟ زن اشک هایش را با گوشه ی چادر گل گلی اش پاک کرد و دیگر گریه نکرد و ساکت شد.

حاجی به اصغر محل نگذاشت و متفکرانه مشغول دود کردن قلیان شد. معمولاً به زن ها نگاه مستقیم نمی کرد و وقتی با آنان حرف می زد، زمین را وارانداز می کرد. مدتی سکوت برقرار شد. با نیِ قلیان روی لپّ سمت راستش را خاراند و پرسید: خب هم

شیره: چرا از آقاتون کمک نمی خوایین؟ فکر نمی کنین ایشان، خود یک احمد و صد مومنند؟ ماشالله برای خود اسم و رسمی دارد و لب تر کند، منصور را آزاد می کنند!

طلیعه خانوم سرش را پایین انداخت، گفت: روم سیاهه حاجی. باباش خودش ترتیب دستگیری اش رو داده. پسرم طفلی تا سه روز توی انباری بالای پشت بوم خودش رو حبس کرده بود. خودِ حاج ولی راپورتش رو داده. یه مشت کاغذ پاره ازش عمل آوردن. حالا هم نمی دونم عزیز دل مادر، سر از کدوم زندون درآورده؟ اصلاً آب و غذا بهش می دن؟ بچه ام اهل دعوا و مرافعه نبود! سرش توی نماز و روزه اش بود و کاری به این حرفا نداشت. چه می دونست حزب چیه، چپ چیه، آزادی چیه... همه اش تقصیر رفیقش یحیاست. کارشون از صبح تا شب نوشتن بود و الان می گن که علیه امنیت ملی فعالیت داشته. پناه بر خدا! من که از این حرف ها چیزی حالی ام نیست. من فقط پسرم رو می خوام، همین. خدا ازشون نگذره که پسرم رو بدبخت کردن. جِز جیگر بگیرن الهی!

حاجی لبخند معنا داری زد و گفت: خب جوانن دیگه. کله شان بوی قرمه سبزی می ده. حالا که یه شلاق درست و حسابی خورد به پشت شان، حساب کار دست شان می آد. حتماً می دانید که عالی حضرت شاهنشاه، خود شخصاً پی گیر حوادث اخیر می باشند. آخر در این مواقع من چه می توانم بکنم؟ مملکت در شرایط بدی ست. اصلاً کی به حرف من گوش می ده؟ حالا اگه پسر خودم هم بود نمی توانستم پا درمیانی کنم. همه باخبرن که من تا فرخ بنده زاده ام را از عدلیه و نظمیه خلاص اش کردم، چه

ها که نکشیدم. با اینکه دستگاه امنیت بسیار خاطر ما را می خواست، اما پدرسوخته

ها جیب مان را شستند و رفتند. آره همشیره... همچین الکی هم که نیست؟

طلیعه خانوم چادرش را باز و بسته کرد. ابروهای پاچه بُزیش را بالا داد. النگوهاش که

تعدادشون تا آرنج اش می رسید، جِلنگ جِلنگ صدا کرد و گفت: هر جا پرسیدم گفته

اند شما چاره سازین. فرض کنید منصور پسر خودتونه! هر کاری کنید ثواب داره...

باباش لج کرده که توی این موضوع دست به سیاه و سفید نمی زنه. میگه براش افت

داره پارتی بازی کنه... منم بهش گفتم حالا که این طوریه، به امام حسین قسم، اسباب

و اثاثیه ام رو جمع می کنم و بر می گردم شهرستون. هرچی باشه آقامون آب شیراز

خورده ست! می رم پابوس شاهچراغ و دیگه هم تهرون پیدام نمی شه. این هنر نیست

که آدم کار مردم رو راست و ریس کنه، اون وقت تو کار پسر خودش بمونه! طلیعه

دوباره چادراش را باز و بسته کرد و با ناز گفت: البته الان خودش از ترسی که دیگه ورِ

دلش نخوابم، غم باد گرفته و مثل سگ پشیمونه. اما چه فایده که از من غمزه و از اون

نیزه؟! حالا فقط پسر من پایش گیره؟ خواهش می کنم یه کاری کنین، آقا بزرگ!

حاجی قیافه ای حق به جانبی گرفت و گفت: البته کار نشد که نداره. کمی درایت می

خواهد و صبر. نظمیه و عدلیه خود بهتر می داند چطور عمل کنند. اون ها مشتری

خودشان را خوب می شناسن! فرزند شما هم اشتباهی کرده که قابل اغماض است.

اصولاً تساهل و تسامحات مال همچین روزاییه! شاید هم دست به تجاهل زده. اما

صلاح اینه که بالمناصفه جبران مافات گردد. شهربانی هم باید ارتزاق کند،. مأمور هم

باید تأمین شود. اصلاً برای همین زحمت می کشند. من حرفم را رُک می زنم. الان اگر بروم و به رئیس شهربانی رو انداختم، خودم را بی دلیل مدیون ایشان کرده ام و از جبران محبت شان عاجزم. را حل این است! اول به آقاتان سلام برسانید و بگویید نرخ حق الوکاله ی آقازاده اش هشت هزارتومان است. دویماً بدانید: به خاطر گُل روی مادر ارجمند منصور است که می پذیرم! والا محال بود که سفارشش را بکنم. من خود از مخالفین دسته ی اراذل و اوباشم. چنانچه مقبول است فردا صبح اجرت کار را نقداً به اصغر نوکر خانه تحویل بدهید. مابقی کار خود به خود تمام است. محبوس را هم دم دمای ظهر فردا مرخص خواهم کرد. والسلام و علیکم و رحمت الله برکاتهُ.

طلیعه خانوم دوباره چادرش را باز و بسته کرد. (لبخند موذیانه ای روی لبانش نقش بست، و چشم در چشم حاج احمد عشوه ای کرد) گفت: خدا بهتون اجر بده... خدا از برادری کمتون نکنه. ای کاش می تونستم بهتر از این ها جبران کنم! تا ابد مدیون شما هستم. الحق و والانصاف خدا شما رو رسونده. اگه شده النگوهام رو بفروشم، پول رو دو دستی تقدیم می کنم. فقط از شما خواهش می کنم امر کنین؛ در بازداشت گاه کتکش نزنند. راستش تنش ضعیفه، نازپرورده است. یکی یکدانه ی مادرشه... از طرفی یادگار اون خدا بیامرزه! از وجنات بابای بیچاره اش، همین سر سوزن ذوق شاعری و سرکشی براش ارث مونده.

مادر منصور وقتی رفت، باد چادر را به هیکل اش چسبانیده و قوس کمرش کمانه کرده و برجستگی بدنش نمایان شد. تِلق و تِلق کنان؛ صدای کفش های پاشنه بلندش، توی

دل حاجی مثل سوزن نشست.تا شب که حاجی رخت خوابش را توی پشه بندِ بالای پشت بوم نم زد تا خنک بشود، خواهش و زبان ریزی های طلیعه خانوم، همه ی فکر و ذکرش شده بود. حتا یادش رفت به اصغر سفارش کند پول هایی را که آوردند، اول بشمرد و بعد تحویل بگیرد. یادش رفت یک چک آبدار به اصغر بزند که وقتی یکی می آید خانه برای کار، پول قند و چایی را پای جیب مبارک حاجی نگذارد. مثل آن روز که نبات ها را جلوی اشرف خیرات کرد و به سفارش اش توجهی نکرد! او نتوانست دلش را که از آتش زبان زنیکه ی محتاجِ چشم سفید؛ مثل اسپندِ روی آتش جِلز و وِلز می کرد را با آب یخ هم خنک کند. پشتش را به سکینه خانوم داده بود و به ستاره ها نگاه می کرد.

آرام دیوان حافظ را از زیر بالشتش بیرون کشید. زیر نور ماه کتاب را روی زانوهایش گرفت. سوره ی حمد و قل هو والله خواند. سپس از لسان الغیب شیرازی چاره طلبید، تفألی گرفت و چنین آمد:

اگر آن ترک شیرازی به دست آرد دل ما را

به خال هندویش بخشم سمرقند و بخارا را

بده ساقی می باقی که در جنت نخواهی یافت

کنار آب رکن آباد و گلگشت و مصلا را

حاجی با خواندن شعر دریافت که در تاریکی انگشتانش میان صفحه های کتاب، خوب عمل نکرده. هرچه باشد دیوان حافظ، قرآن دوم است. دوباره نیت کرد و چشم هایش را بست و استعانت طلبید:

در کعبه کوی تو هر آن کس که بیاید

از قبله ابروی تو در عین نماز است

حاجی پیژامه اش را از زانو گرفت و بالا کشید. رو به آسمان کرد و گفت: ای حافظ شیراز! برای بار آخر نیت می کنم. اگه این بار گل و بلبل حواله ام کردی، هرچه دیدی از چشم خودت دیدی؟ کمی حال من رو بفهم... دلمان مثل سیر و سرکه می جوشد، اون وقت دایره زنگی دست گرفته ای و مطربی می کنی؟

حاجی بار دیگر تفألی گرفت و نیتش خیر از آب درآمد. دانست که مستجاب الدعوه نشده، اما رمز استصواب از شعر حافظ در دفع شیطان درونش است. « آیا ندیدی تمام آنان که در آسمانها و زمینند برای خدا تسبیح می‌کنند، و همچنین پرندگان به هنگامی که بر فراز آسمان بال گسترده‌اند؟! هر یک از آنها نماز و تسبیح خود را می‌داند؛ و خداوند به آنچه انجام میدهند داناست! » و چنین آمد:

رشته تسبیح اگر بگسست معذورم بدار

دستم اندر دامن ساقی سیمین ساق بود.

هوا گرگ و میش بود که حاج احمد سراسیمه از خواب پرید. خروس همسایه روی دیوار، مثل راننده های پایه یک از خستگی چُرت می زد. هنوز اذان نگفته بودند که بلند شد دست نماز گرفت. صد مرتبه ذکر گفت. به این موضوع فکر نکرد که در سفرش به مکّه هر بار، هفت تا سنگ توی دست هایش نگه داشته و به طرف شیطان پرت کرده. یعنی اشکال از نحوه ی پرت کردن بوده، یا آن شیاطین واقعی نبودند و من حیث المجموع شاید حاجیان مشغول هفت سنگ بازی بوده اند؟ حتماً این هم امتحان الهی بیش نبوده که حاج احمد به سلامت از شرش گذشته. با خودش گفت: ای داد و بیداد... یه جو عقل درست و حسابی توی کلّه ام نیست. حقّمه که با شمشیر مالک اشتر گردنم رو بزنن. رفتی مکّه تا بنده ی خدا بشی، خر شدی برگشتی. اگه هنوز فرصت بشه دوباره می رم و همون جا توبه می کنم و به غلط کاری می افتم.

هر روز صبح اصغر کلّه ی سحر می رفت سر سبزِ میدان ، صبحانه ی گرم و تازه می آورد. یک روز کلّه پاچه، یک روز حلیم بوقلمون، یک روز سمنو، یک روز آش شُله قلمکار، یک روز هم جگر برشته و آبدار... اما همه ی این نعمات توی سفره ای که جلوی حاجی پهن می شد وجود داشت. اگر یک روز هم اصغر خواب می ماند و غافل از خرید صبحانه می شد، حاجی الم شنگه ای راه می انداخت که بیا و ببین! بقیه ی اهالی خانه نصیبی نداشتند. یا اصلاً صبحانه نمی خوردند یا شاید از ناشتای پس مانده ی حاجی به منیژه چند لقمه ای می رسید. همیشه دور تا دور دهنه ی استکان چایی کمر باریکش مگس می نشست. چایی را توی زیر استکان می ریخت و با یک نفس بالا می کشید. بعضی صبح ها هم توی همان زیر استکانی، با چایی تلخ، پلک های منیژه که از

خواب زیاد کُلاسه بسته بود را خیس می کردند، تا مژه های فرِش از هم جدا و باز شود. مردها وقتی پا به سن می گذارند قوای جسمانی شان تحلیل می رود. درست مثل زن که یائسه می شود، مردان هم از فرط پیری، نعوظ نمی شوند. عسل خوب کردستان، پسته ی دامغان، روغن کرمانشاه، کباب بُناب و دوغ آبعلی، به جسم شان قوت می بخشد. جوشانده ی گل گاوزبان، عصاره ی هفت گیاه، کاهو و سکنجه بین شیراز، تخم گشنیز و گوشت تَپانده ی گوسفندی، معجون شیر و خرما، فلفل و ادویه جات هندی، همگی حاجی را آماده خدمت رسانی به خلایق می کرد.

نشاط و حیات و شراب و رُباب و کباب و عیال و نماز و ثواب و قضا و قدر از یک طرف. چوبِ فلک و قتل مخالفین نظام و شکنجه و رشوه و اجرای احکام شارع مقدس و حجاب و آیه الکرسی و روضه خوانی و مصلحت اندیشی های آنی هم یک طرف دیگر، از حاجی مردی با گرایش های محافظه کارانه ساخته بود. اشتهایش در پی گیری خبرهای جنگ قریب الوقوع جهانیِ متحدین و متفقین دو چندان از بقیه نزدیکان و آشنایانش بیشتر بود. وقتی آلمان ها به لهستان حمله ور شدند، برای سربازان ژرمن ها دعا کرد. آرزو کرد؛ مرد خون خوار آلمانی، انتقام نژاد برتر آریایی ها را از یهودیان بی دین و ایمان بگیرد. قومی که خون شان از سگ نجس تر است. قومی که عیسا علیه السلام را به میخ کشیدند. مردمی شراب ساز و شراب خوار در اورشلیم! با یاری خدا در حمله ی سربازان دلیر هیتلری به شوروی تزاری و انگلیس پدر سوخته، ریشه ی ظلم و استکبار خشکانده خواهد شد. سرزمین های از دسته رفته مان به نقشه ی ایران باز خواهد گشت. شاید ما هم با بنز عالی جناب هیتلر، سفری به برلین شرقی

کنیم و از خدمات شایسته و دلاور مردی های قهرمان جنگ جهانی تقدیر و تشکر کنیم. چند تخته فرش دست بافت کاشون و یک من زعفرون اصل خراسون و شمشیر مرسع نشان عباس میرزا با مُهر حزب نازی، پیش کش قدوم مبارکش باد. انشاء الله و تعالی

همه ی دردها یک طرف، درد این مشروطه خواهان و مشروطه بازان هم طرف دیگر! غلط کرده اید که می خواهید عَمله رو سر سفره ی وکیل و وزیر بنشانید. آخر مگر ممکن است که مملکت را یه شبه از این رو به آن رو کرد؟ قانون مملکت آش شله قلمکار نیست که هر کسی هم بزنه و نخود و لوبیا بهش اضافه کند. حتماً کسی که چار کلوم سواد یاد گرفته، با اون کارگری که توی بازار خرحمّالی می کنه فرق داره بابام جان! این مردم همون مردمی هستند که پشت سر محمد علی شاه نماز می خوندن، ولی دست شون توی کاسه ی قزاقای ملعون بود. دولت اسلام پناه رو کی خرابش کرد؟ یه عده بی سواد و قُل چماق بازار می بندن و قدّاره می کشن، می گن ما خلق آزادیم. ما روشن فکریم، متجددیم، لیبرالیم... تا دیروز توی سفارت انگلیس بست می نشستن، امروز توی شاه عبدالعظیم و سرِ بازار. این جماعت مثلاً اصلاح طلب، حتا خودشان هم نمی دانن چه می خواهند. انگار این آقایون روشنفکر رو خانوم زاییده، ما رو کلفت!؟ قائد اعظم هم ناخواسته داره با یه عده توی این جریانات اخیر هم سو می شه. یکی نیست به این قزلباشِ قُلدر حالی کنه که مشروطه ی مشروعه چیه و شرع مشروط چیه؟ هر چی هست با این مکتب و دین نمی خونه و سازگاری نداره. اگه هر کی چند تا ورق کاغذ بگیره دستش که من آزادی می خوام و مجلس و قانون اساسی

می خوام و فلان و بهمان، که دیگه سنگ رو سنگ بند نمی شه بابام جان! کاش

سربازان هیتلر به جای شوروی به ما حمله می کردند تا زودتر راحت می شدیم.

-اصغر ... اصغر! کجایی بی پدر! بیا کارت دارم. مگه نمی بینی داره جنگ می شه؟

هرکی هرچی داره باید دو دستی نگه داره. اگه فردا قزاقای مست ریختن توی حجره و

خونه، از کجا باج سیبیل بیارم تقدیمشون کنم تا اموالم رو تاراج نکنن؟ ناموسم رو

توی کدوم گنجه قایم کنم یوخت هپولیش نکنن! شاید این جنگ ما را آواره کرد...

اصغر در حینی که با خلال کبریت لای دندان هایش را تمیز می کرد حاضر شد. در

خدمتم آقا، بفرمایین امرتون چیه؟

همین الان برو به اشرف الدوله پیغام برسان. بگو حاجی فکراش رو کرده و زودتر بیاد

کارش دارم. بگو دفتر و دستکش رو هم با خودش بیاره؛ می خوایم کار رو یکسره کنیم!

بگو تا ظهر منتظرش می مانیم! یوخ دل گُنده گی نکنی؟

اصغر دستوراتی را که حاجی بهش امر کرده بود را چند بار زیر لب با خودش تکرار کرد

و رفت. بعد از دو ساعت اشرف الدوله، البته این بار تنها وارد شد. کیف چرمی قهوه ای

رنگی توی بغلش گرفته بود و موهایش ژولیده و درهم بود و کراواتش از زیر شلوار تا

خورده بود. به نظر می آمد که با شنیدن پیغام حاجی از خماری بیرون پریده باشه.

حاج احمد سر بزنگاه همین که چشمش به اشرف الدوله افتاد، آه و ناله ی ضعیفی سر

داد. آخ... آخ... ببخشید، یاالله. کمی جلویش نیم خیز شد و جواب سلام مهمان را داد.

اشرف الدوله: امیدوارم کسالت بر طرف شده باشد. الحمدالله از آن دفعه ی آخری که حضرت عالی را ملاقات کردم ظاهراً خیلی بهترید.

ممنونم از لطفتان. کاش همه ی امراض جسمی بود. آدم در این دوره زمانه مرض لاعلاج داشته باشه، ولی اعصاب و روانش پریشان نباشه.

اشرف: خب چه می شه کرد حاج آقا. کل این زندگانی شده دوندگی و زحمت. مردم سر یه لقمه نون با هم مسابقه دو گذاشته اند. می گن توی اروپا نون قیمت گوشت شده. مردها رو از خانواده هاشون جدا کردند که بتونن جلوی دشمن بجنگند. هر کی هرچی توی خونه اش داره از ترس جنگ جهانی، توی هفت صندوق و گنجه قایم کرده. همه جا چو افتاده که ایران داره برای تدارک وارد شدن جنگ به نفع آلمان هاست. توی مسجدا بعد از نماز عصر و عشاء هیتلر رو دعا می کنن که پیروز جنگ بشه. کار کشور ما توی همچین میدانی اردک پراندنه! ثمری هم نداره. ما که یه روز خودمون پادشاه دنیا بودیم، حالا باید از هر اهل و نااهلی حساب ببریم. فقط خدا خودش رحمش بیاد و ما درگیر مصیبت نشیم.

-ای بابا... شما دیگه چرا می نالید آقای اشرف الدوله! این خطرات که به ما اثری نداره. ماشاءالله کشور در نهایت سلامت و امنیت بسر می بره. به ما چه که کجای دنیا جنگ و توپ در می کنن. اصلاً شما بیاد دارید ما جنگ مهمی توی این پنجاه شصت سال داشته باشیم؟ همان یک گلوله که به مجلس عوام خورد و سرمان زخمی شد برای هفت پشت مان بسه. اگه این آقایون مُتجدد گرا دایره دُمبک دست نگیرن و شعار

ندهند، همه چی بر وفق مراده... ما خودمان دشمن خودمانیم. خدا بیامرزه پدر اون کسی که آتیش جنگ جهانی رو بپا کرد. مثلاً چه کسی می خواست جلوی تزار روس بایسته؟ کی جرأت داشت پدر صاحب انگلیس ولده زنا رو در بیاره؟ یادتون رفته همین روس های قرُمساق، چه بلایی سر مازنی ها آوردند؟ کاری با این دهاتی های مفلوک شمال کردن که باید جای برنج، شبدر و یونجه برای اسب های تزار می کاشتند. ماهی ازون برونشون رو پای مزه ی ودکای قزاق ها کباب می کردن! انگلیس ها چه بلایی سر بوشهری ها آوردند؟ مگه خیانتی بالاتر از تجاوز به عنف هست که سر جاشو و ناخدا نیاوردن و کسی کَکَش هم نگزید؟ این مملکت دیگه جای آباد نداره. تا یه گوشه ی دنیا حرکتی می شه که مردم اصلاحات و نظم بخوان، ما هم به تقلید از اونا،« از ترس مار می ریم توی دهن اژدها». چه روحانیونی هستن که منحرف شده اند و به هواداری از اوباش مشروطه منبر رفتن و نطق کردند؟ بعد از روضه توی حضرت عبدالعضیم بست می شینن و دوسیه میدن. محمد طباطبائی ادعای مشروطه خواهی می کنه و خودش رو رئیس علما قلمداد می کنه. تجار بازار تهرون رو یک دست کرده که چرا ساکت نشسته اید؟ بروید جلوی سفارت جاسوسی ملعون انگلیس بست بشین و دریوزه گی کنید تا دو کلوم فرنگی یاد بگیرید و مترقی بشین. رفته اند دیدار عین الدوله که اون ها مجلس مبعوثان ملی می خوان. از اون مجلس ها که در تمام دنیا معمول است. خب ما که بخیل نیستیم. خوب می دونیم که تُخم ترکه ی روشنفکرای ما از کجاست؟!

اشرف الدوله بی قراری می کرد که زودتر برود سر اصل مطلب. مدام ریشه های گوشه ی قالی کلّه اسبی زیر پایش را از هم جدا می کرد. با دلواپسی گفت: خب از هر چه

بگذریم، سخن دوست خوش تر است... پیغام تون رو که شنیدم، با عجله خدمت رسیدم! راستش شرکاء از این جانب بنچاق زمین رو مطالبه کرده اند. بنده هم به نوبه ی مسولیتی که با عنوان نماینده ی تام الاختیار وراث دارم، می بایست قرارداد خرید املاک را هر چه زودتر نهایی کنم و نتیجه ی انجام معامله را گزارش کنم. می ترسم در این اوضاع خراب منصرف بشوند.

حاجی هنوز در غیظِ سیاست و زهد رندان جهان دهنش کف نشسته بود و زیر لب ذکر می گفت. نفس عمیقی کشید و دو تا مشت محکم به کشاله ی رون هاش کوباند.

- ما گاهی نخواستیم از روی باد معده حرفی زده باشیم. شما که غریبه نیستین جناب اشرف! زندگی سخت شده. عایله مندی هزار خرج دارد. باور بفرمایین صورت مان را با سیلی سرخ نگه داشته ایم! کسری مواجب به آدم فشار می آورد. از شما چه پنهون، کار کمی گره خورده. اینجانب مکرراً پیغام و پسغام به مشارالیهم فرستاده ام. از قرار معلوم به کشور خارجه ی دیگری نقل مکان کرده اند و خبری ازشان در دست نیست. همان طور هم که می دانید، در وقف، عین اموال حبس می گردد و منافع اش تسبیل می شود. علی ایحال، اختیار اداره ی کلیه اموال ایشان مطابق، سند رسمی شصت ساله، به بنده ی حقیر سرپا تقصیر سپرده شده. بعد از آن هم خدا کریم است... می مانه اصل توافقات فی مابین که علی السویه است و به یاری باری تعالی با استخاره ای که دیشب گرفته ام، خیر از آب درآمده است.

اشرف: حاج احمد، شما مورد وثوق همه ی ما هستید. بنده از همان آغاز ملاقات با جناب عالی به خودم گفتم، خدا را شکر که درِ خانه ی مرد معتمدی چون شما را زده ام. دوستان و آشنایان همه از کمالات و معرفت و درستکاری شما حرف می زنن. حالا خواهش می کنم تعارف را کنار بگذارید و بی تعارف مبلغ معامله را اعلام بفرمایین، تا هرچه زودتر ما به زمین و شما به پول تان برسید. در کار خیر حاجت هیچ استخاره نیست.

-عرضم به حضورتان، این املاک تا دوره ی محمد علیشاه پشیزی ارزش ریالی نداشتند. اما در سایه ی عالی حضرت رضاخانی پس از آن که قانون ایالتی و ولایتی اعمال گردید، بهای آن دوچندان گزاف شد. ای کاش همان قانون سابق حاکم بود تا شما هم ارزان تر می خریدید. خب گردش روزگار است که عده ای از قانون اصلاحات اراضی منتفع شوند. مثلاً خیلی از زمین های سردشت علیا و یمین آباد، قبلاً ملک پدری مان بوده، اما الان بین اهالی و نسق دارن آنجا تقسیم شده و کاری از دست ما بر نمی آید. که بنده در عدلیه به جد به دنبال بازپس گیری حقم می باشم. همین اخوی متوفای این جانب ملا محمد تقی، که پدرتان با ایشان آشنایی نسبی داشتند. وی سهمی از زمین و زراعت نداشت و برای اینکه نصیبی ببرد، شد سخنگوی هیئت جوانان معترض مدرسه دارالفنون. حالا هم خرج یتیم هایش به گردن من افتاده. اما تکفیرش کرده ام. روز قیامت حلوا خیرات نمی کنن! خودم زهر هلاهل توی حلقومش می ریزم.

حاجی کمی ساکت ماند و به قلیان پُک عمیقی زد. گفت: فلذا با استعلامی که بنده کتباً
از اداره ی مستثنیات گرفته ام، هر جریب زمین، حدود هزار و هشتصد الی نهصد
تومانی قیمت گذاری شده. این بهای عادله ی روز است که به انضمام مواجب حق
الوکاله ی این حقیر، هر جریب به عبارتی دو هزار تومان مورد نظر می باشد. جمعاً بابت
صد جریب، دویست هزار تومان تمام، منهای خرج انتقال و محاسبه ی اهل خبره که به
عهده ی مشتری ست. مبیع که سالم باشد، بایع که عاقل و رشید باشد، از آن پس
مشروعیت معامله مد نظر است. این سه شرط اساس مبایعه می باشد. حالا هم می
گویم شما به اظهارات بنده کفایت نکنید، بپرسید و قیمت بگیرید، این طور عادلانه تر
است و بنده هم خیالم از هر جهت راحت تر!

اشرف الدوله چشمانش برقی زد و چند سرفه پیاپی کرد. پاهای لختش را زیر ران
هایش جمع کرد. کیفش را روی مچ پایش گذاشت و با طمأنینه درش را باز کرد. از
داخل آن چکی پرداخت بیرون آورد و آن را جلوی حاجی روی سر قندان گذاشت.
گفت: اختیار دار شمایید. بفرمایین خودتان مبلغ رو بنویسید. ما روی حرف شما حرف
نمی زنیم.

حاجی اصغر را صدا کرد و دستور دو عدد چایی و نبات داد. ولی اشرف الدوله نپذیرفت
و اصغر مجدداً به زیر زمین خانه برگشت.

حاجی دستش را زیر عبای رنگ شتری اش کرد و از داخل جیبش تسبیح دراز سنگ
شاه مقصودی اش را بیرون آورد. دعای کوتاهی خواند و سپس گفت: هیچ قابل شما رو

نداره. ما ارادتمند مرحوم ابویتان که الهی نور به قبرشان بباره و همچنین هواخواه منافع حضرت عالی بوده ایم و هستیم. شاید بهتر بود ابتدا در دفترخانه حاضر می شدیم و اسناد به رویت جنابعالی می رسید، آن وقت اقدام می کردید! با این همه چون اصرار به انجام سریع معامله دارید؛ مع الوصف اصل بر تراضی طرفین است. انشاالله تعالی فردا صبح- اگر عمری باقی باشد- اول وقت جهت انتقال رسمی اسناد اراضی، شخصاً در محضر آسید حسین جعفری حاضر می شوم. مال یتیم است دیگر، خیرش به موقوف علیهم و شرش نسیب ما می شود. باور بفرمایید که این کارها از عهده ی بنده خارج است. دیگر مثل گذشته ها دل و دماغ برای مان نمانده. همه اش برای خدمت به خلق الله ست. الحق و والانصاف مسئولیت بزرگی ست. آن هم در این زمانه که بلانسبت سگ هم به صاحب خودش رحم نمی کنه، تا چه برسد که کلیددار گنجینه باشید. خدا وقتی بخواهد بدهد، نمی پرسد تو کی هستی؟ خودتان با دست خط زیبایتان دو برگ سند مبایعه نامه بنویسید؛ یکی بابت فروش سهام مال موقوفه و دُویمی بابت اجرت المثل امانت داری این حقیر. نصف، نصف... انشاء الله که مبارک است.

سودا چنان خوش ست که یک جا کند کسی　　دنیا و آخرت به نگاهی فروختیم